너는 나의 ——
새벽이었어

너는 나의 새벽이었어
어느 의사의 마지막 사랑, 숨결처럼 아득한 사랑 이야기

초판 1쇄 발행 2025년 9월 1일
2쇄 발행 2025년 9월 10일
3쇄 발행 2025년 9월 15일
4쇄 발행 2025년 9월 19일
5쇄 발행 2025년 11월 1일

지은이 진성림
펴낸이 장길수
펴낸곳 지식과감성#
출판등록 제2012-000081호

교정 및 편집 지식과감성#
마케팅 김윤길

주소 서울시 금천구 빛꽃로298 대륭포스트타워6차 1212호
전화 070-4651-3730~4
팩스 070-4325-7006
이메일 ksbookup@naver.com
홈페이지 www.knsbookup.com

ISBN 979-11-392-2781-9(03810)
값 18,000원

• 이 책의 판권은 지은이에게 있습니다.
• 이 책 내용의 전부 또는 일부를 재사용하려면 반드시 지은이의 서면 동의를 받아야 합니다.
• 잘못된 책은 구입하신 곳에서 바꾸어 드립니다.

지식과감성#
홈페이지 바로가기

어느 의사의 마지막 사랑,
숨결처럼 아득했던 사랑 이야기

너는 나의 새벽이었어

진성림 장편소설

죽음보다 깊은 사랑이
새벽이 되어 나를 깨웠다

지식과감정

이 책의 차례

작가의 말 • 7

제1부 첫사랑의 슬픔

선택의 기로 • 13
파란 하늘의 구름 • 27
서오릉의 행복 • 39
행주산성의 비극 • 47
캠퍼스 자살 • 53
김해평야 • 64
첫사랑과 닮은 그녀 • 76

제 2 부 운명의 여신

싱가포르 비행기 • 87
법과 생명의 갈림길 • 102
봄비와 같은 인연 • 114
그녀의 남자 친구 • 127
별 헤는 밤 • 140
애잔한 그녀 • 148
재회의 기쁨 • 154

제 3 부 어느 의사의 숨결과 사랑

숨결의 가장 뜨거운 끝에서 • 169
구름 위를 날다 • 175
어둠의 그림자 • 180
삶과 죽음 • 185
선택의 순간 • 192
윤리(倫理)와 공리(功利) • 202
너의 새벽이 되기 위해 • 211

마치며 • 230

작가의 말

첫 소설을 쓰며

"너는 나의 새벽이었어.
어느 의사의 마지막 사랑,
숨결처럼 아득했던 사랑 이야기"

세상은 아직 어둠 속에 잠겨 있었고
하늘은 새벽을 품기 직전의

가장 고요한 푸름을 띠고 있었다.
그 순간, 나의 간절한 숨결을 느꼈다.

생명의 삶과 죽음을 수없이 바라본 나의 남은 시간을
고요히 그녀에게 건네고 있었다.

나는 늘 누군가의 절망 속에서 희망을 꺼내 쥐어주던
의사다. 사람의 아픈 숨을 들으며 절망하고
환자의 고운 숨결을 들으며
환호하는 호흡기내과 전문의다.

날카로운 현실 속에서도
따스함을 잃지 않았고
수많은 고통을 마주하면서도
끝끝내 사랑을 믿었다.

이 소설은 나의 젊은 날의 기억과
사람들의 숨결을 위해 무던히도 애썼던
나의 자화상이며
내가 사랑했던 사람들에 대한 이야기다.

소설의 형식을 빌려 허구의 이야기도 있으나
이 책을 통하여 독자들에게 말하고자 하는
메시지는 명확하다.

나는 누군가의 새벽이었고,
어둠 속을 헤매던 날들에도
나의 미소를 통해

그들이 아침을 보기 원했다.

나의 눈빛에서
그들이 살아야 할 이유를 찾기 원했다.

나는 몰랐다. 그가 자신의 모든 사랑을
마지막 숨결 속에, 마지막 눈빛 속에 담고 있었다는 것을.

소설 속의 그는 없다.
다만 한 줌의 재가 되어,
바람결에 실려 어디론가 떠나갔을 뿐이다.

이 이야기는 단지 한 남자의 사랑 이야기가 아니다.
죽음보다 뜨거웠고,
삶보다 단단했던

한 생의 끝에서 피어난
가장 고요하고도
가장 치열한 어느 의사의
사랑의 서사시다.

제 1 부

첫사랑의 슬픔

선택의 기로

한 치의 오차도 허용되지 않으며 찰나의 방심도 허락되지 않는 곳. 그곳은 바로 성림이 시술하고 있는 호흡기 집중 치료실이었다.

"원장님!"
"응급 환자입니다!"

직원들의 다급한 외침을 들은 성림은 즉시 대기실로 뛰쳐나갔다. 수많은 환자 사이로 119 구급대원들이 두 명의 환자를 싣고 왔다. 성림은 대한민국 최고의 호흡기내과 전문의다. 구급대원들에 의해 실려 온 환자를 보자마자 환자의 상태가 매우 위중한 상태임을 알아챈 성림은 환자를 병원의 호흡기 치료실로 옮겼다.

"뚜! 뚜! 뚜!"

환자들의 심장 박동 소리가 부산한 호흡기 집중 치료실에 돌아오지 않을 메아리처럼 울려 퍼진다.

"혈압은?"
"여자 환자는 수축기 혈압 80mmHg, 이완기 혈압 40mmHg이고 남자 환자는 수축기 혈압 70mmHg, 이완기 혈압 30mmHg입니다."

"산소포화도는?"
"남자 환자는 67%, 여자 환자는 78%입니다."
"각 환자에게 분당 산소 10(10L/분)리터로 앰부배깅(ambu-bagging) 해주세요!"

"환자의 심장 박동 수는?"
"남자 환자는 140회/분, 여자는 120회/분입니다."

아! 시간이 없다. 두 명의 환자 모두, 매우 위험한 응급 상태였다. 그날은 2005년 5월의 어느 화창한 날이었다.

서울 내부순환도로에서 12중 추돌사고가 일어나, 50명의 중상 환자가 발생했다. 근처의 대학 병원에서 50명의 중증 환자를 치료할 수 있는 여건이 안 되었다. 특히, 지금 성림 앞에 누워있는 두 명의 환자는 차의 충돌 시 차량의 철판 조각 파편이

기도 안으로 들어가 숨을 쉬기 힘든 위급한 상태였다.

남자 환자는 우측의 기관지에 네 조각의 쇠 파편이 박힌 상태였고 여자 환자는 좌측 기관지에 두 조각의 파편이 박힌 상태였다. 남자의 나이는 78세였고, 여자는 25세였다. 기관지 내시경 시술을 통해서 기관지 안에 박힌 파편을 제거하는 시술을 받아야 했다. 기관지 내시경 검사 시술은 수술 이외의 모든 시술 중, 가장 어렵고 위험하다.

대한민국에서 대학병원 이외의 병원에서, 오직 성림만 시술을 할 수 있었다. 두 명을 동시에 시술할 수는 없었다. 두 명 중, 한 명을 선택해서 시술을 먼저 해야 하는 상황이었다.

의학적인 관점에서의 선택은 분명했다. 하지만 인간적인 관점에서의 선택은 어려울 수 있었다. 윤리적인 관점에서의 선택도 논란의 가치가 있었을까?

과연 누구를 먼저 시술해야 옳은 선택이었을까?

의학적으로는 두 명의 환자 중에서 더 위급한 환자를 먼저 치료하는 것이 맞았다.

두 명의 환자 중, 78세 남자 환자가 더 중환자였다. 25세 여자 환자의 상태가 안정적인 상태이면 고민할 가치조차 없었다. 78세 남자를 먼저 시술하고 난 후 25세 여자를 치료하면 되었다. 그러나 25세 여자 환자의 상태도 촌각을 다투는 위중한 상태였다.

기관지 내시경 검사로 기관지 안에 박힌 이물질, 그것도 네 조각의 파편을 제거하는 시술은 매우 어렵고 얼마의 시간이 걸릴지 예측 불가능했다.

최소한 30분에서 길게는 한 시간이 넘게 걸릴 수도 있었다. 시술 도중에 심장 마비가 오면 사망할 수도 있었다. 예측할 수 없는 시간 동안, 25세 여자 환자는 죽을 수도 있었다.

인간의 평균적인 삶을 생각할 때, 기대수명은 25세 여자 환자의 기대수명이 훨씬 길었다. 78세 남자 환자는 우리나라 남자 평균 수명과 비교할 때 기대수명이 10년 정도 남았고, 25세 여자는 무려 63년의 기대수명이 남아 있었다.

기대수명 이외에 다른 측면도 생각해야 했다.

78세 남자 환자는 나이가 많고 더 중환이므로 시술을 받다가 합병증이 생기거나 사망할 수 있는 확률이 더 높았다. 25세 여자 환자는 중증이지만 나이가 젊고 합병증이 생기거나 사망할 확률이 더 낮았다.

토론의 장이 아니다. 눈앞에 벌어진 현실이고 현장에서 바로 30초 이내에 결정해야 했다. 머뭇거릴 시간이 없고 고민할 시간이 없었다. 성림은 비장한 말투로 말했다.

"78세 남자 먼저!"

"시술하는 동안 여자 환자는 산소마스크 해주고, 생리식염수에 도파민과 세포탁심 항생제, 메틸프레드니솔론 정맥 주사 주고, 신체 활동 감시 장치 잘 봐 주세요!"

성림은 세계에서 기관지 내시경 검사를 가장 많이 한 기관지 내시경 전문가였다.

가장 많이 했다는 것은 경험에 불과했다. 가장 어려운 환자에게 부작용 없이 시행한 최고 중의 최고였다. 톰 크루즈 배우가 세계적인 스타로 떠오를 수 있었던 영화가 〈탑건〉이라는 영화였다. '탑건'은 공군 조종사 중에서 가장 뛰어난 조종사를 일컫는 말이었다.

성림은 호흡기내과계의 '탑건'이었다.

출중한 실력과 풍부한 경험을 가진 성림에게도 기관지 내시경 검사를 통한 이물질의 제거 시술은 매우 위험한 시술이다.

"생리식염수 7cc 뿌려주세요!"
"겸자[1] 삽입!"
"겸자 입구 열고, 이물질에 고정!"
"환자 바이탈[2]은?"

"출혈 발생! 생리식염수와 에피네프린 주입!"

총성 없는 전쟁터가 아니었다.

환자의 끊임없는 기침 소리와 그렁그렁거리는 소리, 각종 다양한 의료장비의 소리, 성림의 간결한 지시와 간호사들의 대답 소리. 무엇보다 호흡기 집중 치료실에 흐르는 극도의 긴장감과 분위기는 비장했다.

한 치의 오차도 허용되지 않으며 찰나의 방심도 허락되지 않는 곳. 그곳은 바로 성림이 시술하고 있는 호흡기 집중 치료실이었다.

---

[1] 기다란 철사 의료용 기구로 끝에 집게가 달려있어 이물질의 일부를 잡을 수 있는 장치.
[2] 혈압, 산소포화도, 심박동수를 총칭하는 의학용어.

성림의 두 눈빛은 독수리의 눈빛이며 그의 손가락은 호랑이의 발톱과 같았다. 야수와 같은 그의 등줄기에 식은땀이 흘렀고 그의 마음속에는 '제발' 하며 신에게 기도하는 애절함이 있었다.

아무도 모르고 느끼지 못할 뿐이었다. 수없이 많은 응급상황을 맞이했던, 그의 마음과 영혼의 고단함을 환자들이 모를 뿐이었다. 78세 남자의 시술은 성공적으로 끝났다.

기적 같은 일이었다. 이제 25세 여자 환자의 차례였다. 여자의 기관지 통로는 남자보다 작다. 따라서 기관지 내시경 검사를 통해 이물질을 제거하기가 더 어렵다. 더구나 좌측 기관지의 직경은 우측 기관지보다 더 작다.

여자의 좌측 기관지에 박힌 철 파편을 제거하는 것은 남자의 우측 기관지에 박힌 이물질을 제거하는 것보다 훨씬 더 어려웠다.

"좌측 아래 기관지에 이물질 발견!"
좌측 아래의 기관지는 기관지의 맨 끝을 말한다. 더욱 난감한 상황이었다.

"원장님! 환자 산소포화도가 75%입니다."

산소를 최대한 공급하고 있는 상태에서 75%의 산소포화도 값은 환자의 죽음이 임박했다는 사실을 말해 준다.

"원장님, 환자의 혈압이 떨어집니다!"
"환자의 심박 수는 160회/분으로 증가합니다!"

아! 25세 여자 환자의 심장은 곧 정지될 위기의 순간이었다. 혈압이 떨어지면 심장은 혈압을 올리기 위해서 평소보다 빨리 뛴다. 혈압이 떨어지는 것만큼 심장은 더 빨리 뛴다. 혈압을 적정 수준으로 올리기 위해서는 심장의 박동보다 더 중요한 것이 있다.

실제로 심장에서 뇌로 혈액을 잘 보내기 위해서는 충분한 양의 혈액을 내보내야 한다. 심장이 평소보다 매우 빨리 뛰게 되면 역설적으로 심장에서 나가는 혈액의 양은 더 줄어든다.

100m 달리기를 전력 질주 한 후 어떻게 되는가? 숨을 헐떡이고 쓰러진다. 마라톤을 생각해 보자. 마라톤 선수들은 일정한 속도를 유지하면서 42km의 장거리를 달린다. 마라톤 선수가 100m 단거리 육상 선수처럼 전력 질주 한다면 200m도 못 가서 쓰러진다.

같은 이치이다. 심장의 박동 수가 200회/분을 넘어가면 '심실세동¹이 온다. 심장이 정상적으로 수축하는 것이 아니라 겉으로만 떨고 있는 상태이다. 혈액을 뇌와 필요한 장기로 보낼 수 없다. 죽는 것이다.

심실세동이 발생하면 심폐소생술을 해야 한다.

그러나 25세 여자는 심폐소생술을 받을 수 없는 상태였다. 심폐소생술의 핵심은 심장을 세게 압박해야 한다. 이 환자의 심장을 압박하는 순간, 좌측 기관지에 박혀 있는 쇳조각이 기관지를 뚫고 심장을 찔러 즉사할 수 있었다. 의학적으로 희망이 안 보이는 순간이었다.

"도파민과 노르에피네프린 같이 주세요!"

성림은 마지막 승부수를 던졌다. 이 환자의 심장과 혈압 조절이 안 되면 기관지 내시경 시술을 더 이상 진행할 수가 없기 때문이었다.

도파민은 심장의 수축력을 증가시켜서 혈압을 올려 주는 주사제이다. 노르에피네프린 주사는 혈관의 수축 작용을 증가시켜 혈압을 올려 주는 약제이다.

도파민의 문제는 심장의 수축력을 증가시키는 작용으로 심장 근육의 피로를 증가시킨다. 하지만 여자 환자는 1분 안에 심정지가 올 상태이며, 심장 마사지를 할 수 없는 상황이므로 두 가지 약제를 모두 투여한 것이었다.

"혈압 올라갑니다! 심박동수 떨어집니다!"

성림의 판단과 과감한 행동은 성공했다. 약간의 여유시간을 확보한 후, 기관지에 박힌 철 조각을 빼내기 위해 혼신을 다했다.

"특수 겸자 주세요."
"콜록! 콜록!"

수면 상태로 환자의 의식은 없고 고통을 느끼지 않으나 기관지에 분포한 자율신경은 기도 내로 들어온 내시경에 반응하여 환자는 끊임없이 기침을 했다.

기침을 할 때는 기관지 내시경의 끝이 기도나 기관지를 찢지 않도록 세심하게 조절을 해야 했다. 성림의 손끝의 감각은 그어느 누구보다 예민했고 그의 신경은 곤두섰다.

환자의 기침 반동에 따라 성림의 손길은 다양한 방향으로 미세하게 움직였다. 일반 의사들이 따라 할 수 없다. 아주 미세

한 손놀림은 신이 내려주신 선물이기 때문이다.

다행히 25세 여자의 시술도 무사히 잘 끝났다. 78세 남자 환자는 시술 후 12년을 더 살고 세상을 떠났다. 자신의 삶은 성림 덕분이라면서 세상을 떠나기 1년 전까지 해마다 5월의 그날이 오면 안부 인사를 왔다.

성림은 필수의료 중 가장 핵심적인 사람의 호흡기를 진단하고 치료하는 전문의다. 따라서 환자와의 이별을 자주 경험했다. 그러한 성림에게 그 환자와의 이별은 마음이 아팠다. 성림은 태생적으로 감수성이 매우 풍부한 사람이다. 감수성이 너무 풍부한 사람이 어떻게 호흡기내과 전문의를 할 수 있는지 의아할 정도이다.

25세 여자는 20여 년의 시간이 흐른 지금도 종종 만나고 안부를 묻고 지낸다.

그녀의 이름은 신혜인이다. 그녀의 삶은 고운숨결내과에서 회생했다. 그녀의 사랑과 아픔, 도전과 좌절, 성공의 아름다운 시간이 하늘의 뭉게구름처럼 피어나는 순간이었다. 혜인 자신만의 생명뿐 아니라 혜인의 어머니까지 새로운 기회를 얻게 되는 운명이 되었다.

이 사건은 TV로 전국에 생방송되었다. 고운숨결내과가 세상에 알려지게 된 일대 사건이 된다. 성림은 고운숨결내과의 창립 정신을 시로 표현했다. 그의 가치관이 담겨 있는 시 속의 정신은 그가 어떤 자세로 환자를 진료하는지 함축적이고 강력한 의미가 있었다.

고운숨결, 그 고운 이름으로

호흡기내과 전문의 진성림

우리는
한 사람의 숨결이
온 세상보다 귀하다는 믿음에서
이 길을 시작했습니다.

한 줄기 바람조차
숨이 버거운 이들에게
숨결의 등불이고자 시작했습니다.

바람도 조심스레 스치는
가슴 안쪽,
숨이 자주 멎던 그 자리.

작은 기침 속에서도
중대한 침묵을 놓치지 않고
보이지 않는 폐 깊은 곳까지
사람의 아픔을
정성을 다해 들여다보려 했습니다.

숨이 가쁘다는 건
삶이 무겁다는 뜻이고
숨이 아프다는 건
그 삶이 절박하다는 뜻입니다.

우리는 잠시의 휴식도 없이
하나의 실수도
결코 가볍게 여기지 않았습니다.

기계보다 정확하게
누구보다 신속하게
절차보다 진심으로
기술보다 사람답게
진료를 해왔고
그렇게 앞으로 걸어갑니다.

눈에 보이지 않는 기관지 하나를 살리기 위해
눈빛 하나, 손끝 하나,
모든 감각을 깨어 있게 합니다.

바람의 손끝에도
스미는 그 떨림을
누가 온전히 알아줄 수 있을까.

고운숨결이란 이름에는
단지 치료가 아닌
'존중'과 '책임'이 담겨 있습니다.

우리는 결코 포기하지 않습니다.
우리는 절대 놓치지 않습니다.
가늘고 가쁜,
하지만 너무도 소중한
당신의 숨을

여기,
고운숨결내과는
숨의 고통을 이해하고
'숨의 존엄'을 지키는 사람들의 약속입니다.

숨이 차고
가슴이 아픈 당신을 위해
'숨의 가치'에 헌신하는 사람들의 고백입니다.

파란 하늘의 구름

성림은 아스라해지는 몽롱함 속에 심장이 두근거리는 설렘을 느끼면서 두 눈을 감았다. 유미의 눈도 감기면서 두 손으로 성림의 목을 휘어 감았다. 두 사람의 첫사랑은 이렇게 시작되었다.

성림의 어린 시절부터 이야기는 시작된다.

"성림아! 오늘은 학교에서 말썽 피우지 마!"
성림의 어머니는 아침마다 성림이가 학교에 가기 전에 늘 이렇게 말씀하셨다.

성림은 엄청난 개구쟁이였다. 어릴 때부터 남에게 지기 싫어하는 성격이었고 또래의 다른 친구들보다 컸으며 운동신경이 뛰어났다. 그가 초등학교 1학년 가을에 다른 학교로 전학 갔을 때의 일이다.

담임 선생님의 소개 후, 학생들에게 인사하고 자기 자리로 가던 순간, 어떤 한 학생이 성림의 다리를 걸었다.

예전이나 지금이나 텃세가 있었다. 갓 전학 온 학생의 기선을 제압하기 위해 한 학생이 성림에게 시비를 걸었다. 보통은 이러한 일을 겪었을 때, 전학 온 학생은 그냥 넘어간다. 아직 학교 분위기도 어색하고 새로 사귄 친구도 없기 때문이다. 그러나 성림은 보통의 평범한 학생이 아니었다. 그날 수업이 끝난 후 시비를 건 그 친구에게 다가갔다.

"야! 너 운동장으로 나와 봐!"
"어? 진짜?"
"그래! 이 새끼야! 당장 나와!"

세상에서 제일 재밌는 구경거리 중의 하나가 싸움을 구경하는 것이다. 어린 학생들도 그랬던 것을 보면 인간의 DNA 자체가 태생적으로 그런 것일지 모른다.

인류의 존재 자체가 싸움과 전쟁의 역사가 아니던가?

방금 전학 온 학생의 당돌한 태도에 다른 학생들은 신나는 구경거리를 만난 셈이다. 그 학교 학생들이 모르고 있던 사실이 있었다. 성림은 이전 학교에서 동급생들은 상대할 사람이 없던 이름난 싸움꾼이었다.

지금과 같은 시대가 아니었다. 핸드폰이 없었고 컴퓨터도 없었던 시절이었다. 동네가 떨어져 있으면 소식을 접할 수 없었던 시절이었다.

성림은 서울의 한복판, 청와대 근처의 초등학교를 다녔었다. 1학년 당시에 3학년 선배들도 떨게 했던 전설의 주먹이었다.

성인의 2년 차이는 아무것도 아니나 초등학교 나이의 2년 터울은 엄청난 차이가 있다. 성장기에 접어든 아이들에게 2년이라는 세월은 넘을 수 없는 벽이다.

스포츠 경기 예를 들면 권투 경기에서 경량급 선수와 헤비급 선수의 매치가 성사될 수 없는 것과 같은 이치이다. 그런 사실을 알 수 없었던, 시비를 건 학생은 성림의 '돌려차기' 한 방에 나가떨어졌다.

"앞으로, 너는 내 말 잘 들어!"
"응! 알았어. 미안해."

성림의 일은 다음 날 학교 전체에 소문이 났다. 그 시절은 컴퓨터 게임이나 사교육이 없었던 시절이었다. 누가 공부를 잘하느냐는 아무런 관심이 없던 시절이었다.

누가 싸움을 가장 잘하느냐가 최대의 관심사였고, 누가 달리기를 잘하느냐가 관심을 받던 그런 시절이었다.

성림은 운동신경이 매우 뛰어나서 그 당시 태권도 유단자였을 뿐 아니라 달리기도 가장 잘하는 아이였다.

2학년 때는 피구 선수를 했고 3학년 때 수영 선수를 했다. 4학년 때는 육상 계주 선수를 했다. 5학년 때는 씨름 선수를 했다. 6학년 때는 탁구 선수로 전국 종합체전에 출전하여 서울시 1등을 차지했다.

6학년 1학기 때의 일이다. 성림은 반장이었고 '유미'라는 이름의 여학생이 부반장이었다. 반의 학예회 일로 서로 의견을 나누던 중 유미가 성림의 인생을 바꿀 한마디의 말을 던졌다.

"반장이면 뭐 하나? 공부도 나보다 못하면서!"
"뭐? 너 지금 뭐라고 했어?"
"공부도 나보다 못한다고 했다. 왜? 사실이잖아? 나보다 잘하는 과목이 체육 말고 뭐가 있는데?"
"야! 유미야! 네가 여자라서 봐준 거지! 내가 공부 시작하면 너는 다음 달 기말고사 때 나에게 져."

"기가 막혀! 성림아! 네가 나를 이기면 네가 해 달라는 거, 다 해줄게!"
"정말이지? 너 여자라고 약속 안 지키면 혼난다!"
"그래, 약속할게. 너도 약속해야지! 성림아! 너는 지면, 뭐 해줄래?"
"네가 원하는 건, 다 해줄게! 뭘 원해?"
"그럼 나 자전거 태워줘, 자전거 타고 서오릉 가자!"
"좋아! 나는 이기고 나서, 원하는 것 말할 거다!"

그날부터 성림은 태어나서 처음으로 책상에 책을 펼쳐두고 의자에 정자세로 앉아 공부하기 시작했다. 성림은 초등학교 1학년 입학식 때, 반 아이 중에서 유일하게 한글로 본인 이름 석 자도 쓰지 못했던 학생이었다.

지금은 5살 때쯤이면 아이들이 한글을 알고 초등학교에 들어가기 전, 한글을 다 배우고 들어간다.
70년대의 초등학교 시절에도 엄마들의 교육열은 대단해서 한글은 입학 전에 다 배우고 들어가는 시절이었다. 더구나 성림의 엄마는 초등학교 선생님이었다. 초등학교 선생님의 아들이 한글도 모르고 학교에 들어간 것이다.

이모를 따라서 초등학교 첫 수업을 받던 날 자기 이름을 한글로 적어서 선생님께 제출하는데 70명의 학생 중에 성림 혼자만 백지를 냈다. 성림은 한글을 쓸 줄 몰랐기 때문이다. 기가 막힌 일이었다.

50년이 흐른 지금도, 이모가 했던 말이 귀에 선하다.

"성림아! 엄마가 한글 안 가르쳐줬어?"
"너 혼자만 이름을 못 쓰던데. 괜찮아?"
"응! 이모! 이제 학교 들어왔으니 선생님께 배우면 되지! 뭐가 걱정이야?"

성림은 타고난 천성이 대범하고 낙천적이고 유쾌했다. 어릴 때는 모든 것이 무조건 좋았다. 공부를 좋아하는 어린이가 세상에 몇 명이나 있겠는가? 신나게 놀고 또 놀았다. 그랬던 그가 6년 만에 공부를 시작한 것이다.

그의 돌발적인 행동에 성림의 엄마와 아빠, 누나도 놀라지 않을 수 없었으나 모두들 하루이틀 저러고 말겠지 여기며 대수롭지 않게 생각했다.
그러나 성림의 집념은 대단했다. 원래 성품이 지고는 못 사는 성품이었다. 싸움과 놀이, 운동에서 집중력을 발휘했던 그는, 무섭게 공부하기 시작했다. 하루도 공부를 안 했던 아이가 한 달 내내, 하루에 8시간씩 공부를 했다.

싸움과 놀이를 잘하며 운동을 잘하는 어린이의 뇌는 비상하다. 영특하고 눈치 있고, 똑똑해야 운동과 놀이, 싸움도 잘하는 것이다. 그 당시의 싸움은 무조건 일대일 결투였다. 무기를 드는 순간, 양아치로 낙인찍혔고 사나이들의 결투에서 주먹과 발 이외의 어떠한 흉기를 들고 싸울 수 없었다.

어찌 보면 지금은 상상할 수 없는 낭만의 시절이었다.

결투의 맺음도 깔끔했다. 코피가 나든지, 상대가 쓰러지거나 포기하는 의사 표현을 하면 그 결투는 종료되었다. 여러 명이 한 명을 집단 구타를 한다던가, 이미 쓰러진 아이를 더 때리는 행위는 비겁한 행동으로 용납이 안 되었다.

싸움을 미화하려는 뜻이 아니다.

그 당시의 싸움에는 남자들의 원칙이 있었고 싸움이라는 형태가 남자들의 거친 놀이에 불과한 시절이었다. 현재의 싸움은 거친 놀이가 아니라 완전한 폭력이며 한 사람의 인생을 망가뜨리는 범죄 행위이다. 폭력은 어떠한 이유로도 용납되지 않는다.

"유미야! 내가 원하는 것 들어줘야지!"
"성림아! 사기 친 거 아니야? 갑자기 어떻게 일등을 하니? 말도 안 돼!"
"어! 나랑 한 약속을 안 지키겠다는 거야? 약속은 지켜야지!"
"알았어. 뭔데?"
"별거 아냐, 내 볼에 뽀뽀 한 번 하기! 딱 한 번만 해주면 돼!"
"뭐라고? 미쳤어? 내가 왜 네 볼에 뽀뽀를 해?"
"뭐야! 내가 원하는 것 들어주기로 했잖아!"
"그래도 뽀뽀는 안 돼!"

동양이나 서양이나, 옛적이나 지금이나 여자는 한결같다. 동서고금을 막론하고 여자는 새침데기이다. 새침데기의 말은 깍쟁이 같다는 이미지가 있으나 원래 새침데기 뜻은 쌀쌀맞게 시치미를 떼는 태도가 있다는 뜻이다. 그냥 물러설 성림이 아니었다. 약속을 지키라는 의미는 핑계에 지나지 않았다. 사실 성림은 유미를 좋아하고 있었다. 좋아하는 여자에게 뽀뽀를 받을 수 있는 절호의 기회를 놓칠 성림이 아니었다.

"유미야! 우린 거래를 한 것이고 계약을 맺은 거야. 만일 내가 졌으면, 네가 원했던 걸 해줬을 거야. 자전거 타고 서오릉에 가는 약속을 지켰을 거야. 그러니 너도 약속을 지켜야지."

성림은 그녀의 눈을 바라보면서 약속을 안 지키려는 유미를 압박했다.

"그래도 부끄럽게 뽀뽀를 어떻게 하니?"

이러한 유미의 모습이 더 귀여웠다. 성림은 눈치가 매우 빠른 학생이었고 남자였다.

"그래, 알았어. 네가 그렇게 부끄러워하니까 여기까지만 할게. 어쨌든 나는 일등을 했고, 너는 약속을 안 지킨 거야."

말을 마치고 뒤돌아서 가려 한 순간, 유미의 부드럽고 도톰한 입술이 성림의 볼이 아니라 입술에 닿았다.

성림은 아스라해지는 몽롱함 속에 심장이 두근거리는 설렘을 느끼면서 두 눈을 감았다. 유미의 눈도 감기면서 두 손으로 성림의 목을 휘어 감았다. 두 사람의 첫사랑은 이렇게 시작되었다.

중학교를 배정받았다. 성림은 집에서 멀리 떨어져 있는 중학교로 가게 되었고 유미는 동네에 있는 중학교로 가게 되었다. 남학생과 여학생이 같이 다니는 '남녀공학' 학교가 없던 시절이라 부득이 두 사람은 다른 중학교를 다니게 되었다. 중학생이 된 성림은 공부에 엄청난 재능을 보였다.

초등학교 때 공부를 안 했던 한풀이라도 하듯이 하루에 5시간만 자면서 미친 듯한 몰입감과 집중력으로 학업에 충실했다. 새벽 5시에 일어나 새벽 5시 30분 버스를 타고 서대문에 있는 학교에 도착해 공부했다.

이른 아침에 등교하여 잠을 자고 있던 숙직 선생님[3]을 깨웠다. 하루이틀 그런 것이 아니라 중학교 3년의 시절을 그렇게 보냈다.

"성림아! 제발 내일은 조금 늦게 등교해라. 선생님이 아침잠이 많은데 잠 좀 자자!"
"네, 선생님! 알겠습니다."

성림은 선생님과 약속을 지켰다. 약속 후에는 5분 늦게 학교에 도착한 것이다.

"아이고! 성림아! 조금 늦게 등교한다고 하지 않았니?"
"선생님! 5분이나 늦게 왔습니다!"

중2병이라고 들어보았는가? 지금도 무서운 중2병이라고 한다. 우스갯소리로 북한이 우리나라를 공격하지 못하는 이유 중의 하나가 중학교 2학년이 무서워서 공격하지 못한다는 말

---

3 70년대에는 학교마다 남자 선생님이 밤에 학교에서 당번처럼 돌아가면서 잠을 잤다.

이 있을 정도이다.

중학생은 인간의 성장 곡선 중에 신체적으로나 정신적으로 가장 변화가 많이 일어나는 시기이다. 그래서 이러한 시기를 학자들은 '질풍노도'의 시기라고 표현한다.

질풍노도라는 말은 '슈투룸 운트 드랑(Sturum und Drang)'이라는 독일어다.

18세기 후반에 독일에서 일어난 문학운동이다. 1765년경부터 1785년경까지 약 20년 동안 일어난 문학 연극 운동이다. 사상적으로 루소의 자연사상이나 시페네르의 경건주의, 희곡적으로는 셰익스피어의 영향을 받아 자연적 개성의 존중을 나타냈으며 거친 청년의 열광과 파괴적인 문학운동을 말한다. 매우 빠르게 부는 바람이 질풍이다. 무섭게 소용돌이치는 물결이다.

70년대 중학교의 흔한 풍경이다.
쉬는 시간에 화장실에서 벌어지는 일상적인 풍경이다.

"야! 주머니에 있는 돈 다 꺼내!"
"왜? 나 돈 없는데."
"이 새끼가 죽을래?"

"애들아! 내 친한 친구가 성림이야."
"어? 성림이가 네 친구야?"
"알았어! 그냥 가! 성림에게 말하면 죽는다!"

중학생이 되고 공부에 전념하고 있는 성림이지만 학교 양아치 애들은 성림을 너무 잘 알고 있었다. 노는 애들 치고 성림의 무서운 싸움 실력을 모르는 애들이 없었다.

그 누구도 성림의 친구들을 건드리지 못했다.

서오릉의 행복

마치 바람이 꽃잎에 입을 맞추듯 그녀의 숨결에 물
드는 하나의 계절처럼 첫 키스가 피어났다.

"유미야, 시험도 끝났는데 서오릉에 놀러 갈까?"
"그래, 성림아! 너 이번에도 시험 잘 봤지?"
"아직 몰라, 이번에 수학이 너무 어려운 문제가 많아서 잘 모
르겠는데."
"치! 너는 맨날 이렇게 말하고는 백점 맞잖아!"
"유미야, 너는?"
"나는 이번에 영어 문제가 너무 어려웠어."
"와! 유미가 영어가 어려웠다고? 말도 안 돼!"

저녁노을이 서쪽의 하늘을 붉게 물들이던 4월. 산들바람이
옷깃을 스쳐 지나갈 때 성림의 한 팔은 유미의 가련한 어깨를
감쌌다. 유미는 그런 성림의 어깨에 머리를 기대었다. 유미의

머리에서 풍겨 오는 향이 성림의 코끝을 자극했다.

봄이었으나 겨울의 숨결이 아직 나무 그늘 아래에 머물던 오후, 서오릉의 고요한 오솔길을 따라 두 사람은 말없이 걷고 있었다.

말 대신 바람이 먼저 속삭이는 풍경. 벚꽃은 아직 피지 않았고 따스한 햇살이 능 너머로 내려와 유미의 머리카락 끝을 분홍색으로 감싸고 있었다. 성림은 그녀가 걷는 발소리를 따라 걷고 있었다. 너무 가까이 다가서면 숨이 벅차고 너무 멀어지면 마음이 서글퍼 오는 것 같은 거리였다.

"유미야!"
"응? 왜?"

성림의 한마디가 세상의 시끄러움을 지우는 주문처럼 들렸다. 새들의 울음조차 잠시 멈춘 듯했고, 두 사람 사이엔 더 말이 필요 없었다. 능선 끝 정자 옆, 오래된 돌담 앞에서 유미가 멈췄다. 그녀의 눈동자는 맑았고, 바람이 스치자 살짝 감겼다.

그 순간, 그녀의 눈 속에 성림의 마음이 숨겨져 있다는 걸 알았다. 말이 없었다. 다만 성림의 손끝이 먼저 움직였다. 아주 조심스레, 그녀의 손등을 덮었다. 유미의 심장은 두근거리고 얼굴은 화끈거렸다. 유미는 피하지 않았다.

'나를 안아줄까?
아니, 그냥 조용히 있어도 좋다.'

유미는 그저 성림의 곁에 있는 게 좋았다. 유미는 이미 마음이 무너지고 있었다. 떨림과 망설임이 교차했으나 고요한 확신이 들었다.

그 조용한 동의 앞에서 성림은 마치 처음 숨을 쉬듯, 서툴지만 깊고 진지하게 유미에게 다가갔다. 성림의 부드러운 입술이 유미의 도톰한 입술 위에 포개졌다.

성림의 심장은 방망이질하듯 두근거렸다. 하얀 성림의 얼굴이 붉어지고 몸 전체에 전기가 통하는 것 같은 짜릿함을 느꼈다. 성림은 남자였다. 멈출 수가 없었다.

너무나 조심스러운 입맞춤. 마치 바람이 꽃잎에 입을 맞추듯 그녀의 숨결에 물드는 하나의 계절처럼 첫 키스가 피어났다. 성림은 용기를 내서 유미의 포개진 입술 사이로 혀를 넣었다. 유미의 혀는 형용할 수 없이 부드럽고 따뜻했다.

유미의 손이 성림의 목을 감싸고 성림의 두 손은 유미의 머리를 부드럽게 감쌌다. 유미는 눈을 감은 채 미세하게 떨었고 성림은 그 떨림을 자신의 심장에 새겨 넣었다. 두 사람 사이엔 지나간 계절들도, 미래의 두려움도 모두 잠시 잊힌 채, 단 하나의 순간만이 맴돌았다.

사랑이 시작되는 순간은 언제나 아프고 아름답다.

두 사람은 붉은 노을의 빛 아래에서 서로의 사랑을 느꼈다. 서오릉의 고요함은 그날 이후 더는 같은 고요가 아니었다. 그곳엔 이제, 성림과 유미의 흔적이 남아 있었다.

"성림아, 우리 나중에 결혼할까?"
"결혼? 내게 지금 청혼하는 거야?"
"바보야! 청혼은 남자인 네가 해야지! 나는 그냥 물어본 거야! '결혼해 주세요.'라는 청혼은 네가 해야 하는 것 아냐?"

성림은 유미의 두 눈을 지그시 바라보며 말했다.

"유미야, 평생 내 곁에 있어 줘. 나는 유미, 네가 없으면 못 살아. 약속할 수 있지?"
"응! 성림아! 약속할게! 항상 네 곁에서 너와 함께할게."

성림과 유미는 싱그러운 사랑을 나누었다. 또래의 부끄러운 감정과 함께 열정과 갈망도 있는 뜨거운 사랑이었다.

유미는 그날의 감정을 기억하기 위해 자신의 일기장에 글을 남겼다.

오늘,
나는 성림과 입을 맞췄다.
그 입맞춤은
누구에게도 말할 수 없는,
오직 나만의 계절 속에서 피어난 조용한 꽃이었다.

서오릉,
그 조용한 능선 아래에서
우리는 아무 말 없이 서로를 바라보다가
어떤 말보다 깊은 숨결을 나눴다.

그의 입술이 내게 다가오는 순간,
나의 심장은 마치 종잇장처럼 얇아진 것 같았다.
작은 바람에도 찢어질 것처럼 떨렸다.

성림과 입맞춤은 짧았지만,
내 안의 시간은 멈춰 있었다.
그 순간 봄, 바람, 햇살,
그리고 나라는 존재가 고요히 담겨 있었다.
성림과 입술이 닿은 순간, 그의 숨결이 내 숨에 섞일 때

내 마음에 무언가 작게 터지는 소리를 들었다.

사랑은
이렇게 오는 걸까.
누군가의 말이 아닌,
입술도 아닌,
그 사람의 조용한 '존재' 전체로 오는 것일까.

밤이 깊었으나 잠을 못 잘 것 같다.
내 입술 위에 아직도 그 사람의 온기가 남아 있다.
성림.
그 이름을 불러본다.
나는 지금 그 사람을 사랑하는 중이다.

아주 천천히,
하지만 분명히.

사랑하는 사람들에게 시간은 언제나 아쉬움을 남긴다.
어린 학생들에게 시간은 너무 느리게 흘러가는 것처럼 느껴지나 연인 사이의 시간의 흐름은 활시위를 떠난 화살과 같다.

"유미야, 이제 다음 달이면 3월이고 우리 대학입시 학력고사[4] 준비도 해야 하잖아. 우리 그 전에 행주산성으로 자전거 하이킹

---

4 80년대 대학입시는 현재의 수능시험이 아니라 16과목 전체 과목을 시험 봐서 총점으로 순위를 정하는 입시제도였다.

갔다 올까?"

"날씨가 아직 추운데 괜찮을까?"

"따뜻하게 입고 갔다가 오면 괜찮을 거야. 우리 앞으로 시간 내기 힘드니까 이번에 갔다 오자."

"그래! 성림아! 우리 그럼 대학생 되기 전에 좋은 추억 만들고 오자."

대학생. 1980년대 대학생의 의미는 남달랐다. 그 당시는 대학에 입학하고자 하는 수험생이 80만 명이나 되었다. 중고등학교 청춘의 시절을 오직 공부에만 몰두해야 하는 사회적 분위기였기에 대학생이 된다는 것은 곧 자유를 얻는 것과 같은 의미였다.

해방과 자유, 낭만의 여유로움이 기다리고 있는 곳이 바로 대학교였다. 성림과 유미는 모두 의과대학에 진학할 예정이었다.

의과대학에서 무슨 자유와 해방과 낭만을 말할 수 있을까?

의과대학 6년이라는 시간 속에서도 의예과 2학년까지는 나름의 대학 생활의 즐거움을 느낄 수 있었다. 본과 4년의 세월이 아무리 힘들다고 해도 억압되어 공부해야 했던 고등학생의 처지와 능동적으로 미래의 의사가 되기 위해 공부하는 본과 4년 시간을 비교할 수는 없다.

인간은 목표 지향적이다. 목표가 있을 때라야 힘들거나 장애물에 부딪혀도 극복할 수 있는 동기 부여가 생기는 것이다.

행주산성의 비극

미친 듯이 유미의 이름을 불렀다. 성림의 외침은 행주대첩 당시, 조선(朝鮮) 군사들의 울부짖음과 같이 비장하고 애절했으나 유미는 돌아오지 않았다.

"유미야! 나를 잘 따라와야 해."
"웅! 알았어!"

성림과 유미는 강변북로 길을 달렸다. 일요일 오전의 강변 북로는 한산했다. 맑고 청명한 날씨였으나 바람은 차가웠다. 성림은 자전거의 페달을 힘차게 밟으며 행주산성을 향해 질주했다. 유미가 잘 따라오는지 뒤를 돌아보며 확인했다. 유미는 성림의 뒤를 잘 따라서 가고 있었다.

은평구 갈현동에서 행주산성까지의 거리는 17km이다. 자전거를 타고 갈 때 약 한 시간의 시간이 걸린다.

오전 9시에 출발한 성림과 유미는 10시가 조금 넘은 시간에 행주산성에 도착했다. 행주산성 입구에 자전거를 세워두고 행주산성의 정상을 향해 걸어갔다.

행주산성의 정확한 축성 시기는 알 수 없으나, 임진왜란 때 권율 장군이 왜적을 격멸한 대첩 장소이다. 1592년(선조 25년) 12월, 수원 독산성에서 왜적을 물리친 뒤 한양 수복 작전을 계획하며, 2,300명의 병사를 거느리고 행주 '덕양산'에 진을 치고 기회를 노리고 있었다.

1593년(선조 26년) 적과의 전투에서 성안의 부녀자들이 치마에 돌을 날라 병사들에게 공급해 줌으로써 큰 승리를 거두었다. 당시 왜적의 병사는 무려 3만 명이 넘었으니 10배의 적을 물리쳐 대승을 한 것이었다.

그때 부녀자들의 공을 기리는 뜻에서 행주라는 지명을 따서 '행주치마'라고 하였다. 권율 장군을 모시는 충장사가 있다. 행주산성은 2011년 7월 28일 고양 행주산성으로 명칭이 변경되었다.

"성림아! 잠시 쉬자. 숨이 너무 차!"
"응! 그래, 유미야, 저기 나무 아래 앉아서 쉬자."

둘은 나무 아래 의자에 앉았다. 앉자마자 유미의 호흡이 가빠지기 시작했다.

"성림아! 나 가슴이 너무 답답해! 숨을 잘 쉴 수 없어."
"유미야, 많이 힘들어? 우리 내려가자. 너무 무리했나 보다."

유미가 숨을 들이쉴 때 이상한 소리가 들렸다.
성림은 태어나서 이처럼 이상한 숨소리는 처음 들었다. 고양이가 우는 소리처럼 들리기도 했고, 휘파람 소리가 나는 것처럼 들리기도 했다. 유미의 호흡수가 빨라졌다.

숨 쉴 때마다 기이한 소리는 점점 희미해져 갔다. 유미의 입술이 파래지기 시작했고 얼굴색도 멍든 것처럼 짙은 파란색으로 변해갔다.

"유미야! 유미야! 왜 그래? 정신 차려! 유미야!"

유미는 말을 할 수 없었다.
식은땀이 파란 얼굴을 뒤덮기 시작했고 유미의 몸은 축 늘어졌다. 유미는 의식을 잃었다. 성림은 어떻게 해야 할지 몰랐다. 주위에 아무도 없었다.

"유미야! 유미야!"

유미의 몸을 흔들며 외쳐보았으나 유미는 아무런 말이 없었다. 정신을 잃은 유미의 숨소리는 이제 거의 안 들리고 있었다. 간간히 겨우 숨을 쉬는 정도의 호흡만이 남아 있었다.

행주산성에서 죽었던 왜적들의 망령들이 유미를 짓누르고 있는 것 같았다.

성림은 미친 듯이 유미의 이름을 불렀다. 성림의 외침은 행주대첩 당시, 조선(朝鮮) 군사들의 울부짖음과 같이 비장하고 애절했으나 유미는 돌아오지 않았다.

곁을 지나가던 사람들이 성림의 소리를 듣고 달려왔다. 그러나 유미는 숨을 쉬지 않았다. 사람들의 도움을 받아 유미를 업고 행주산성 입구까지 내려왔다. 그 당시에는 핸드폰이 없던 시절이었다. 안내소에서 119에 전화를 해서 구급차를 불렀다. 구급차가 도착했으나 유미의 몸은 이미 사후 경직이 나타났다. 몸은 회색빛이 되었고 굳었다.

"유미야! 유미야!"

병원의 응급실에 도착했으나 의사는 아무런 치료를 하지 않았다.

"선생님! 제발, 살려주세요! 죽은 것 아니죠? 잠시, 잠자는 거죠?"

의사는 침통한 표정을 짓기만 하고 유미의 부모님을 빨리 모셔 오라는 말을 했다.

사랑하는 유미는 그렇게 속절없이 이 세상을 떠났다. 성림은 유미가 세상을 떠난 날 이후로 학교에 갈 수 없었다. 엉엉 울다가 흐느껴 울기도 하고 아무 소리 없이 눈물만 흘리기도 했다.

잠을 잘 수 없었고 밥을 먹을 수 없었다. 갑자기 유미의 이름을 부르면서 몸부림을 쳤다. 무슨 말을 해도, 어떤 행동을 해도 유미는 돌아오지 않았다. 유미의 미소가 그립고 유미의 목소리가 미친 듯이 듣고 싶었으나 그 어디에서도 유미의 목소리와 미소를 찾을 수 없었다.

유미의 죽음은 성림의 삶을 송두리째 흔들었다. 성림은 스스로 목숨을 끊어야겠다고 결심했다.

《젊은 베르테르의 슬픔》의 주인공 베르테르보다 더 지독한 비통함에 휩싸였다.

'베르테르'는 자신이 사랑하는 여인 '로테'와의 사랑이 이루어질 수 없다는 현실 앞에 죽음을 선택했다. 성림은 너무나 사랑하는 유미가 자신의 눈앞에서 죽어가는 모습을 지켜볼 수밖에 없었다.

사랑하는 여인이 죽어가는 순간을 보면서도 아무런 도움을 줄 수 없었고, 왜 죽어가는지도 몰랐다. 그냥 넋이 나간 사람처럼 있었다.

자신 때문에 추운 날 행주산성을 갔었고 어릴 때 천식을 앓았던 유미는 차가운 날씨로 인해 천식의 급성 악화로 세상을 떠났다.

컴퍼스 자살

자신의 심장이 찢어지는 듯 아픔을 느끼고 있었다. 심장이 찔리면 바로 죽는다는 것을 알고 있던 성림은 짧은 고통을 경험하고 죽고 싶지 않았다. 극심한 고통의 순간을 오래 느끼며 죽고 싶었다.

자신이 유미를 죽게 만든 것이라는 죄책감에서 헤어 나올 수 없었다. 죄책감과 사무친 그리움에 오열하던 성림은 세상을 살아갈 그 어떤 희망도 찾지 못했다. 성림은 유미를 그리워하며 시를 남겼다.

너는 내 숨이었다

유미야,
기억나지?
서오릉의 봄,
흩날리던 꽃잎 속에서
우리가 나눈 첫 입맞춤.

그날,
너는 잠깐 숨을 멈추고
내게 속삭였지.
"이 순간, 평생 잊지 않을 거야."

나는 아직도 그날에 살아.

추운 날
행주산성 가는 길
자전거를 타고 달리던 너는
햇빛 속에서 눈부신 존재로
살아 있었는데.

숨이 가빠온다던 너의 말에
나는 별일 아니라고 웃었어.
미안해.

그때 나는 몰랐어.
그게 너의 마지막 계절이 될 줄은.
너는 땅바닥에 누워 숨을 고르더니

갑자기 내 손을 꼭 쥐었어.
그 떨림이 지금까지도 내 손에 남아있어.

"성림아…"
그 짧고 약한 한마디 뒤로
너는 차츰 작아졌어.

작아지고
희미해지고
결국… 사라졌어.

나는 널 안고
미친 듯이 울었어.
"유미야! 숨 쉬어! 제발…!"
그 외침은 하늘에 부서져
아무것도 되돌리지 못했지.

그날 이후
행주산성은
내게 무덤 같아.
그 아름다웠던 언덕이
너의 마지막이 되었으니까.

사람들은 행복한 기억은 남겨두고
아픈 건 잊으라 하지만
나는 그러지 못해.

유미야,
너는 내 첫사랑이었고
지금도 내 심장 한복판에서
숨을 쉬고 있어.

나는 여전히
너와 함께한 그 자전거 길을
꿈에서 달려.

단 한 번이라도
너를 다시 안을 수 있다면
숨을 멈춰도 좋아.
그때처럼,
그날처럼.

베르테르는 권총을 이용한 자살을 선택했으나 성림은 자신에게 최대한 고통을 주면서 죽고 싶었다. 고등학교 공업 시간에 도구로 자주 사용했던 '컴퍼스'를 이용해 자살할 것으로 마음먹었다.

컴퍼스는 보통 금속으로 만들어져 있다. 컴퍼스는 힌지(hinge)로 연결된 두 부분을 이루는데, 힌지(hinge)는 그려지는 원의 각을 변경할 수 있게 되어 있다. 한 부분은 끝에 매우 뾰족한 부분이 있고 다른 쪽은 연필이나 펜으로 되어 있다. 뾰족한 부위는 맹수의 송곳니보다 날카롭다. 칼끝보다 더 예리하다.

의과대학에 갈 생각이었던 성림은 인간의 몸을 잘 알고 있었다. 손목에서 맥을 잡을 수 있는 부위가 동맥이 지나가는 자리인 것도 알고 있었다.

동맥이 찔릴 때의 고통은 경험하지 않아서 정확히 알 수 없었으나 찔리는 것뿐 아니라, 동맥이 찢어질 때의 고통은 상상할 수 있었다.

자신의 심장이 찢어지는 듯 아픔을 느끼고 있었다. 심장이 찔리면 바로 죽는다는 것을 알고 있던 성림은 짧은 고통을 경험하고 죽고 싶지 않았다. 극심한 고통의 순간을 오래 느끼며 죽고 싶었다.

그렇게 죽어가는 고통을 맛봐야 조금이나마 죄책감을 덜 수 있다고 생각했고, 그 죽음의 그림자를 느껴야 유미가 느꼈을 죽음의 두려움을 조금이라도 이해하면서 죽는 것으로 생각했다.

욕조에 물을 담근 후, 오른손으로 컴퍼스를 잡았다. 욕조의 물은 가장 차가운 온도의 물로 채웠다. 얼음까지 따로 준비해 와서 넣었다. 극한의 고통을 느끼기 위해 따뜻한 물이 아니라 차가운 물을 준비했다.

성림은 어떻게 하면 최고의 아픔을 겪으면서 죽을 수 있을까에 대한 생각뿐이었다.

따뜻한 물에 몸을 담그면, 근육이 이완된다. 근육의 이완은 고통을 덜 느끼게 한다. 차가운 물일수록 인간의 피부와 근육은 수축이 되고 교감신경이 항진된다. 교감신경은 사람의 고통에 예민하다.

고통은 신이 인간에게 내려준 축복이다. 고통을 느끼는 감각이 없다면 인류는 생존하지 못한다. 고통은 인간에게 형벌과 같은 괴로움을 주지만, 역설적으로 사람이 살아갈 수 있는 이유는 고통의 감각을 알기 때문에 가능한 것이다.

고통을 느끼는 감각 덕분에 고통을 피하려는 '회피능력'이

생겼고, '회피능력'의 진화로 인해 과학이 발달하고 문화가 발달한 것이다. 컴퍼스의 뾰족한 부분을 좌측 손목의 요골동맥(radial artery) 안으로 깊이 찔러 넣었다.

"윽!"
외마디의 짧은 신음이 흘러나왔다.

깊게 찔러 넣은 컴퍼스를 팔꿈치 부위를 향해 긁으면서 요골동맥을 찢었다.

"음…!"
어마어마한 고통이 물밀듯 밀려왔으나 이를 악물고 참았다.

성림은 알고 있었다. 자신이 금방 죽지 않고 서서히 고통의 끝자락까지 느끼다가 죽는다는 것을 알았다. 두렵지 않았다.

유미가 겪었을 아픔과 두려움을 생각하면, 자신의 아픔은 아무것도 아닌 것으로 생각했다. 유미의 고통을 천만분의 일이라도 알기 위해 성림은 자신의 고통에 집중하고 또 집중했다. 고통의 소리를 낸다면 오히려 사치스러운 감정을 갖는 것으로 생각했다.

의식이 몽롱해져 왔다. 얼음물을 얼굴에 부었다. 정신을 잃고 싶지 않았다. 욕조의 물은 핏빛으로 변했으며 피비린내가 진동했다. 세상의 종말이 다가오고 있는 듯했다.

성림은 거기서 멈추지 않았다. 팔꿈치 부위의 동맥까지 찢어 버린 성림은 팔꿈치를 지나 팔위의 상완 동맥(brachial artery) 부위도 찢어버렸다.

피를 많이 흘린 성림은 숨이 찼다. 어지럽고 흉부 통증이 느껴졌다. 얼굴은 창백해지고 몸의 피가 다 빠져나가는 것 같았다. 차가운 물속에서 전신이 얼어버리는 느낌은 오히려 마치 불 속에서 몸이 다 타버리는 느낌 같았다.

"유미야. 보고 싶다."

죽음의 그림자가 짙게 드리워지고 있었다.

"사랑해. 이제 네가 있는 곳으로 갈게"

성림은 의식을 잃었다. 희미한 세상이 보였다. 저승의 세계에 도착한 것으로 생각했다. 천국인지 지옥인지 알 수 없었다.

"유미야!"

유미가 있는 곳이면 천국의 문턱이라 생각했다. 성림은 어릴 때부터 교회를 다녀서 자살은 죄라는 인식에 사로잡혀 있었다. 기독교는 자살하는 사람에 대해 두 가지의 관점을 갖고 있다.

자살이 죄라는 관점은 십계명의 제6계명인 살인은 죄라고 명시한 데 있다. 아우구스티누스는 어떤 역경이 와도 하나님을 믿고 삶을 살아가야 한다고 주장했으며 장 칼뱅은 하나님만이 인간의 목숨을 가져갈 수 있는 권한이 있다고 주장했다. 자살은 자기보존에 반대되는 행위라고 말했다. 체스터 톤은 자살은 인생을 부정하기 때문에 죄라고 주장하였으며, 본회퍼는 자살의 행동은 신에 대한 믿음이 없는 행동이라고 주장했다.

기독교적 관점에서 자살이 죄가 아니라는 관점도 있다.

마르틴 루터는 자살을 시도한 자가 정상이 아니거나 사탄에 사로잡혀서 이성적인 판단을 할 수 없는 상태이므로 죄가 아니라고 주장했으며 성경에 등장하는 인물 중 '삼손', '아히도벨' 등의 자살에 대해 불명예를 주지 않았다는 것을 근거로 주장했다. 오히려 '삼손'과 '아히도벨'은 그들의 가족묘에 장사되었다.

로마 가톨릭교회는 고전적인 견해 즉, 자살이 용서받을 수 없는 죄라는 주장을 버리고, 심리적 불안과 걱정 등이 자살의 원인이라고 주장했다. 하지만 감리교는 자살이 '성령 훼방 죄'로 용서받을 수 없다고 주장했다.

천국과 지옥은 중요하지 않았다.
유미가 있는 곳이면 그곳이 지옥이라고 해도 성림에게는 극락의 천국이고, 유미가 없는 곳이라면, 그곳이 천상의 천국이라고 해도 지옥 불 한가운데 있는 것이었다.

"성림아! 정신 드니?"
"엄마!"

성림은 의아했다. 엄마가 왜 이곳에 있지? 나는 죽었는데 왜 여기 엄마가 있는 걸까.
주변을 둘러보니 병원 응급실이었다.

"엄마! 엄마가 여기 왜 있어?"
"성림아! 아무리 힘들어도 엄마, 아빠는 어떡하라고 자살을 시도해? 네가 죽으면 엄마도 죽는다는 것 몰라?"

성림의 엄마는 성림의 가슴에 얼굴을 묻으며 통곡했다. 아빠는 그런 모습을 보면서 눈시울을 적셨다. 금쪽같은 아들이 얼마나 힘들었으면 저렇게 잔인한 방법으로 자살을 시도했을까를 생각한 성림의 부모님은 마음이 갈기갈기 찢어지는 듯했다.

"성림아! 네가 잘 버티고 살아야지! 그래야 하늘나라에 있는 유미도 행복하지! 네가 이렇게 너 자신을 학대하면 유미가 하늘에서 웃고 행복할 수 있겠니?"

성림은 갑자기 정신이 번쩍 들었다. 유미의 성품이 떠올랐다. 성림의 이런 행동과 마음을 유미가 좋아할까? 엄마의 말이 마치 유미의 말처럼 들렸다. 엄마의 목소리가 유미의 목소리로 들렸다.

베드로가 예수님을 세 번 부인한 후 닭의 새벽 울음소리를 들었을 때 느꼈을 충격이었다. 석가모니가 보리수 밑에서 전율의 깨달음을 얻은 것과 같은 소름이 돋았다.

성림은 자살이 실패한 건, 유미의 보살핌 때문이라고 생각했다. 유미가 세상을 떠나던 그날, 자신은 아무런 도움을 줄 수 없던 무력한 사람이었는데 유미는 성림이 죽어갈 때 그의 삶을 되돌려준 것이다.

김해평야

마음의 병이 아니라 뇌에서 신경전달 물질의 장애로 생기는 병이었으나, 간과되고 있던 시대였다.

고등학교 3학년의 시간은 쏜살같이 흘러갔다. 특히 성림은 유미의 죽음 이후 폐인처럼 지냈기에 올해 치러야 하는 학력고사(지금의 수능시험) 시험은 포기할 수도 있는 상황이었다.

11월 20일 학력고사 시험 날이다. 일주일의 시간밖에 남지 않았다. 학력고사 시험 후 대한민국의 최고 의과대학인 '수도민족 대학교'에 지원할 수 없었다. 지방에 있는 의과대학으로 가기로 결정했다.

부산의 인술 대학교 의과대학에 진학했다. 인술 대학교는 훌륭한 외과 의사였던 백인술 박사가 서울 을지로 3가에 '백인술 외과' 개원을 한 후, 병원의 성장을 발판으로 삼아 세워진 대학교였다.

작은 의원에서 국내 최초의 현대식 빌딩의 병원으로 탈바꿈 후 본격적인 성장세에 접어든 백인술 외과 전문 병원은 부산으로 이주하여 종합병원으로 위상을 높여갔다. 부산 경남지역에서 폭발적인 성장을 하며 발전했다.

의과대학의 위치가 부산에 있기에 인술 의대에 입학한 학생들의 90%가 부산 경남, 포항, 울산, 경북 지역의 인재들이 많았다. 성림처럼 서울에서 부산의 인술 대학교까지 지원하는 일은 흔하지 않았다. 서울 전 지역에서 5명의 학생이 부산 인술 대학교에 지원하여 합격했다.

의과대학의 학업 시간은 총 6년이다. 그중 기본교양과 전문적 지식을 배우기 전에 배워야 하는 과목은 의예과 2년 동안 배운다. 인술 대학교의 의과대학 시스템은 나뉘어 있었다.

의예과 2년은 김해 어방동 지역의 산기슭 아래 자리한 곳에서 보내야 했다. 학교 뒤로는 어방동 산이 병풍처럼 자리했고 앞은 드넓은 김해평야가 펼쳐져 있는 수려한 자연경관을 지닌 학교였다. 의과대학뿐 아니라 다른 과들도 많았다.

인술 대학교는 얼마 전 종합대학교로 선정된 후 학교에 대한

투자가 많아진 시기이기도 했다. 그는 인술 대학교 학생 중 단연 돋보이는 학생이었다.

훤칠하고 뽀얀 피부, 부드러운 서울 말투와 잘생긴 외모는 인술 대학교 개교 이래 최고의 미남이 들어왔다며 환호했다. 거기에다가 의대생이다. 다른 과 학생들에게 의대생은 선망의 대상이 아닐 수 없다. 여자들의 인기를 한 몸에 받았지만 아무런 관심이 없었다. 아직도 유미 곁에 있는 것 같았고 늘 유미가 함께 있다고 생각했다.

의예과 첫 중간고사를 준비하던, 눈부시게 푸르른 5월의 어느 날. 한 여학생이 걸어가고 있었다. 그녀의 뒷모습이 유미 모습과 너무 흡사했다.

"유미야!"
성림은 뛰어가서 그녀의 어깨를 만지면서 말했다.

"어머! 누구세요?"
뒤로 돌아선 그녀를 보는 순간, 성림은 아무런 말도 할 수 없었다.

유미가 아니었다. 유미일 수가 없었다.

"아! 죄송합니다. 제가 착각을 했어요."
"네."

그녀는 고개를 숙이고 학교 버스정류장으로 발걸음을 재촉했다. 성림은 며칠 후 중간고사 기간이라 학교 수업이 끝난 후 독서실에서 밤 11시까지 공부를 했다. 다른 학과 학생들도 많았다.

독서실은 학생들로 가득 차 있었고 저마다 본인의 공부에 집중하고 있었다. 간혹 조용하게 이야기를 주고받는 학생들이 있었으나 성림의 뛰어난 집중력에는 전혀 문제가 되지 않았다.

어느 날 도서관에서 갑자기 소란이 일어났다. 성림은 도서관의 제일 안쪽의 가장자리에 앉아 공부하고 있었다. 웅성거리는 소리와 남자의 고함과, 여자의 비명이 뒤섞여 들렸다. 소리가 나는 도서관 입구 쪽으로 갔다. 한 남학생이 여학생의 손을 잡고 강제로 끌고 나가려고 하는 모습이 보였다.

"빨리 따라와라! 맞기 전에!"
"이 손 놔!"

누가 봐도 여자의 의지와 상관없이 남자는 그 여자를 강제로 끌고 가려고 하는 광경이었다. 성림은 이해할 수 없었다.

학생들은 그 광경을 지켜만 보고 있을 뿐 어느 한 학생도 그 남자를 말리지 않았다. 남자의 체격은 크고 운동을 다부지게 한 것처럼 보였다. 상황을 지켜보던 성림은 두 사람이 원래 아는 사이라는 걸 눈치챌 수 있었다.

"왜 나를 피하는데? 할 말이 있으니까 따라와!"
"나는 너랑 더 할 말이 없어! 우리 헤어진 건데 왜 이래?"

1980년대의 시대는 현재와 같은 "데이트 폭력", "교제 폭행", "교제 살인" 이러한 말이 존재하지 않았던 시절이었다. 하지만 그 당시에도 사람과의 관계에 따른 협박과 폭력, 심지어 살인도 종종 일어났다.

1980년대만 그랬을까? 조선 시대에도 남녀 사이의 이런 관계는 있었고 삼국시대에도 있었을 것이다. 인간의 역사와 함께 언제나 있었던 일이나 2025년 현재에는 더 자주, 더 교묘하게, 더 잔인하게 일어나고 있었다.

조금 더 가까이 가서 그 여자의 얼굴을 보는 순간, 그의 발걸음은 행패를 부리고 있는 그 남자를 향해 빨라졌다. 얼마 전 그가 유미의 뒷모습으로 착각해 불렀던 그녀였기 때문이다.

"무슨 일인데 다들 공부하는 도서관에서 이러십니까?"

"야! 공부나 하고 찌그러져 있어! 네가 상관할 일이 아니야!"

위협적이고 예의라고는 하나도 찾아볼 수 없는 말에 성림은 아랑곳하지 않고 남자에게 다시 물었다.

"지금 이분은 당신과 같이 나가기를 완강히 거부하고 있는데요! 억지로 끌고 나가려는 이유가 뭐죠?"
"이 새끼가 미쳤나? 야! 너 내가 누군지 몰라?"
"내가 당신을 알아야 할 이유가 있나요?"

상대방이 누군지 모르는 것은 그 남자였다. 성림의 외모가 수려하고 얼굴이 하얗고 마른 체격이라 그 남자는 성림을 깔보고 있었다.

"이 새끼가 죽고 싶어서 환장했군!"

그 남학생은 여학생의 손을 놓고 성림의 멱살을 잡았다.

"다른 학생들 공부하는 도서관에서 이러지 말고 도서관 뒤 공터로 나가는 것이 좋지 않을까?"

성림은 이제 존댓말을 하지 않았다. 존댓말을 하지 않았다는 뜻을 상대방은 알아차릴 수가 없었다. 성림은 이 학생을 응징

하겠다고 생각한 것이었다.

황야의 결투보다 재미있을 것 같은 김해평야의 결투를 구경 꾼들이 놓칠 리가 없었다.
도서관에서 공부하던 학생뿐 아니라 교내에 있던 학생들도 소문을 듣고 도서관 뒤편 공터로 몰려들었다.

두 사람의 체격은 차이가 났다.

성림은 키가 177cm에 몸무게가 65kg으로 호리호리했다. 그 학생은 키가 190cm는 넘어 보이고 몸무게는 110kg 이상으로 보이는 거구였다. 구경하던 학생들은 성림의 당당함을 이해할 수 없었다. 더구나 성림은 의예과 학생이라 공부만 해서 의대에 들어온 것이라 생각을 했기 때문이다.

두 남자의 체급은 서로 싸울 수 있는 상태가 아니었다. 권투 경기나 레슬링 경기를 보면 같은 실력이라도 체급에 따라서 즉, 몸무게에 따라서 경기를 한다. 65kg 몸무게의 선수와 110kg 선수와의 경기 자체가 성립될 수 없다. 체중이 다르다는 것은 이미 승부가 나버린 경기이기 때문이다.

지금과 같은 상황은 45kg의 체중 차이가 났다. 마치 5살 어린이와 30세의 건장한 어른과 싸움인 것이다. 하지만 성경에도 '다윗과 골리앗'의 유명한 이야기가 있지 않은가?

구경하는 사람들은 원래 약하게 보이는 사람을 응원한다.

상대방 남자는 도서관의 윤리를 깨고 연약한 여자를 괴롭히던 남자이고 성림은 혜성처럼 나타나서 마치 백마를 탄 기사처럼 그 여학생을 구하고자 한 것이니 일방적인 응원의 물결은 당연한 이치였다. 승부는 그 남자가 이길 것이 너무나 뻔한 예정된 일이기에 숨죽여 마음속으로만 응원하고 있었다.

"야! 학교에 신고하지 마! 남자끼리 싸움이다."
"당연한 거 아니냐?"

두 사람은 거리를 좁혀왔다. 덩치가 큰 학생이 먼저 팔을 휘둘렀으나 허공을 갈랐다.
그런 느린 주먹은 눈 감고도 피할 수 있는 성림이었다.

성림은 어릴 때부터 원래 주먹을 잘 사용하지 않았다. 태권도의 특성상 주먹까지 쓰게 되면 상대는 큰 부상을 당함을 잘 알고 있었기 때문이다. 태권도의 가장 중요한 특징은 발차기였다.

그중에도 효과적이고 멋있는 고유의 발차기는 뒤돌려 차기와 옆으로 뛰어올라 차는 이단 옆차기이다. 성림은 달려오고 있는 큰 덩치의 남학생을 향해 점프하여 옆으로 뛰어올랐다. 동시에 좌측 발은 학생의 명치 부위를 정확히 가격했고, 우측 발은 명치를 맞고 뒤로 주춤거리는 상대의 턱을 가격했다.

승부는 이미 끝났다.

명치 부위에 한 방만 맞아도 쓰러진다. 명치와 턱을 동시에 맞은 학생은 외마디 신음도 내지 못한 채 쓰러졌다. 구경하던 학생들은 어안이 벙벙했다.

도대체 무슨 일이 일어난 거지?

모두 자신의 두 눈을 의심했다. 핸드폰이 있던 시절이었다면 핸드폰 동영상으로 기록해 다시 보았을 것이다. 아마 여기저기 인터넷 SNS에 이 믿지 못할 광경을 전송하고 난리가 났을 것이다. 그러나 1985년의 그 시절에는 핸드폰도, 개인 컴퓨터도, 인터넷도 없는 시절이었다.

"괜찮니?"
"아! 너 태권도 국가대표냐? 미리 말을 하지! 내가 물러났을 건데! 아프다!"
"미안하다. 이제 네 전 여자 친구는 놔줘라! 남자가 헤어진 여자, 마음 떠난 여자에게 왜 집착해?"

"야! 나는 아직 헤어질 마음이 없는데 수인이가 일방적으로 헤어지자고 한 걸 어떻게 받아들여?"

"친구야 너 이름이 뭐냐? 난 진성림이다."

"나는, 강혁구야."

"혁구야! 우리 이야기하자."

성림과 혁구는 학교의 노천극장 앞 따뜻한 햇살이 비치는 곳으로 가서 앉았다.

"혁구야. 수인이가 예쁘고 참 좋지? 아마 성격도 좋을 것 같고."

"그래, 맞아! 난 수인이를 처음 본 순간에 빠져 버렸어. 너무 예쁘고 상냥하고 귀엽고."

"그런데 수인이는 왜 너랑 헤어진 거니?"

"내가 수인이를 몇 번 때렸어!"

"뭐? 여자를 때렸다고? 왜?"

"수인이가 너무 예쁘니까 우리 학교에서 인기가 최고잖아! 가끔 자기네 과 오빠들과 회식도 하고 동아리 방송 활동 후 술자리도 하고 그럴 때마다 수인이에 대한 질투심이 폭발했어."

"혁구야! 너 내 말 잘 들어봐! 세상에는 두 가지 종류의 남자가 있대."

"뭔데? 두 가지 종류의 남자가?"

"하나는 너처럼 여자에게 질투와 소유욕을 잘못 표현하여 여자를 때리는 남자야! 또 다른 하나는 여자가 질투를 느껴 여자에게 맞는 남자야! 그런데 남자가 여자를 때리는 커플은 무조건 끝나게 되고, 반대로 여자가 남자를 때리는 커플은 관계가 오래간다고 한다."

"성림아! 그게 진짜야?"

"그래! 진짜야! 너도 수인이 때리지 말고 수인에게 맞아봐! 그러면 다시 잘 사귀고 행복하게 오래 지낼 수 있을 거야."

"와! 의대생은 이래서 다르구나. 이거 학교에서 배웠어?"

"그럼! '에리히 프롬'의 《사랑의 기술》이라는 유명한 심리 책에 나오는 명언이야! 혁구야! 손바닥에 적어두고 매일 백 번씩 읽어 봐!"

"참! 그리고 이거는 네가 정말 기억해야 할 이야기야."

"뭔데! 성림아?"

"네가 때린 여자와는 다시 사귀면 큰일 나! 여자가 한을 품으면 오뉴월에도 서리가 내린다는 말 알지? 여자는 남자와 달라. 한평생 한을 품다가 네가 아프거나 네가 힘들 때 너를 한 방에 보낼 수 있다!"

"헉! 진짜야? 여자가 어떻게 그래?"

성림은 혁구가 나쁜 사람이 아니라는 것을 알았다. 자신의 기분을 조절하지 못하고 여자 친구가 너무 예뻐서 불안장애를 겪고 있는 것이었고 1980년대의 정신과적 치료는 정신과적인 문제들이 단지 마음의 문제, 성격의 문제로만 여겨지던 시대라 제대로 된 약물치료가 없던 시절이었다.

마음의 병이 아니라 뇌에서 신경전달 물질의 장애로 생기는 병이었으나, 간과되고 있던 시대였다. 사랑의 기술이라는 책에 성림이 말한 내용은 없었다.

혁구를 위해 지어낸 말이다.

기말고사가 끝났다. 김해의 어방산은 푸르른 녹음으로 물들어 갔다.

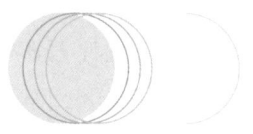

첫사랑과 닮은 그녀

손을 잡으려고 애써도 잡을 수 없는 것이 사람의 기억이다. 인간의 추억은 사람답게 살아가는 데 충분조건이 아니라 필수조건이다. 보이지 않는다고 해서 없는 것이 아니다. 보이는 것만 믿고 원한다면 인간의 존재 자체가 슬픈 존재일 것이다.

김해평야는 황금색으로 물들었다. 서울에서만 생활했던 성림은, 드넓게 펼쳐진 김해평야의 황금빛 물결 가득한 들녘을 보며 유미에 대한 그리움을 태우고 있었다.

"성림아!" 부드럽고 낭랑한 목소리였다.
"어! 수인아!"

"성림아! 그동안 잘 지냈어? 저번에 나 때문에 혁구와 싸우고, 나 도와줘서 고마워. 네게 인사하려고 했는데 서울 집으로 갔다 하더라. 연락할 방법이 없어서 기다리다가 이제 인사를 하네. 그때 정말 고마웠어."

"고맙기는. 내가 아니어도 누군가는 나서서 도와줬을걸! 너처럼 예쁜 애가 남자에게 끌려가는 걸 두고 볼 남자들이 있을까?"

"아냐! 너도 봤듯이 혁구는 씨름선수라 아무도 못 말려. 나도 처음에 네가 나서길래, 다칠 것 같아서 너무 떨렸어!"

"아 그랬구나, 수인아! 네가 걱정해 줘서 그날 일이 잘 풀린 것 같다."

"성림아! 남포동 가봤어?"

"아니! 나 부산 시내 한 번도 안 나가봤는데!"

"그래? 그럼 우리 이번 주말에 남포동 가서 영화 볼래? 저녁도 먹고, 너 뭐 좋아해?"

"나는 못 먹는 것 없어, 보신탕만 못 먹고 다 잘 먹어!"

"그래! 내가 남포동에 아주 맛난 낙지볶음집 아는데 영화 보고 낙지볶음밥 먹자."

둘은 주말에 남포동에서 만났다.

영화는 베트남전을 주제로 한 영화였는데 영화에 집중할 수가 없었다.

영화의 내용도 생각이 안 났다. 재미있었는지도 기억이 없었다. 오직 내 손을 잡고 있는 수인의 손가락 감각만 느낄 뿐이었다. 성림은 유미에 대한 기억을 단 하루도 잊을 수가 없었다. 의예과 진학 후 한 번도 미팅이나 소개팅에 나가 본 적도 없다.

성림의 마음에는 아직도 유미가 늘 함께하고 있었기 때문이다. 그런데 지금 유미 아닌 다른 여자의 손을 잡고, 마음이 요동치고 있는 자신의 모습을 보면서 당황했다.

수인은 인술 대학교에서 제일 예쁜 여학생이었다. 그 당시의 언어로 표현하면 '퀸카'였다. 성림과 수인이가 캠퍼스를 같이 걸어가면, 학생들 사이에서 난리가 났다. 의예과 여학생들은 성림에게 와서 꼬치꼬치 캐묻기 시작했다. 어떤 사이인지, 데이트는 좋았는지, 손은 잡았는지, 키스는 했는지, 잠은 잤는지, 쉬는 시간마다 여학생들의 시달림에 성림은 기숙사로 도망가 버리곤 했다.

사람은 새로운 구경거리나 경험을 해도 시간이 흐르면 자연히 관심이 멀어지고 그 현상이나 사건을 받아들인다. 성림과 수인은 2년을 함께 보냈다.

김해의 봄, 여름, 가을, 겨울은 서울의 계절보다 더 낭만적이고 아름다웠다.

매화가 봄의 시작을 알려주었고, 어방동 산의 푸름은 한여름 초록의 물결 시대의 웅장함을 보여주었다. 황금빛 김해평야의 장관은 가을이 왜 수확의 계절인지 깨닫게 해 주었다.

2년의 의예과 시간이 흐른 후, 성림은 부산의 개금동에 위치한 본과대학으로 갔고 수인은 서울의 연주 대학교 대학원으로 진학했다.

"Out of sight, Out of mind."
눈에서 멀어지면 마음도 멀어진다는 영어 속담이다.

의예과 시절과 의학 본과의 시절은 비교할 수 없는 환경이었다. 본과 의학과의 수업시간표는 고등학교 3학년의 수업 시간과도 비교할 수 없었다. 의학과 수업시간표는 월요일부터 금요일까지 1교시부터 9교시까지였다.

아침 8시부터 저녁 6시까지 수업은 계속되었다. 한 시간의 빈 시간도 없었다. 토요일은 오전 8시부터 오후 12까지였다. 수업 시간만 그랬다. 수업 시간이 살인적인 스케줄인데도 불구하고, 일주일마다 시험이 있었고, 중간고사 시험 기간만 3주였으며, 기말고사 시험 기간은 거의 한 달이었다.

한 학년에 유급[5]만 10명 이상이었고 재시[6]에 해당하는 학생은 한 반 학생의 약 30%인 50명 정도의 학생이 다시 시험을 봐야 했다. 재시험을 치르는 학생들은 방학조차 없었다.

서울 연주 대학교 대학원으로 진학했던 수인은 이후 더 전문적인 공부를 위해 미국으로 떠났다.

성림은 수인과 함께했던 기억을 회상하면 젊은 날의 초상화처럼 아련한 마음이 들었다. 싱그러운 젊은 날을 기억할 수 있는 것은 힘든 의대의 본과 시절을 견디는 데 버팀목 같은 역할이었다. 하루가 기계와 같은 의학과 본과 시절을 보내면서도 성림이 감수성을 잃지 않고 지킬 수 있었던 것은 수인과의 추억 때문이었다.

손을 잡으려고 애써도 잡을 수 없는 것이 사람의 기억이다. 인간의 추억은 사람답게 살아가는 데 충분조건이 아니라 필수조건이다. 보이지 않는다고 해서 없는 것이 아니다. 보이는 것만 믿고 원한다면 인간의 존재 자체가 슬픈 존재일 것이다.

유물론과 유신론의 관점이 아니다. 살면서 사랑하고 이별하고 슬퍼하는 것이 눈에 보이던가? 눈에 보이지 않으나 느낀다.

---
5 1년을 다시 다녀야 하는 제도.
6 학점이 미달일 때 그 과목을 다시 시험을 보는 제도.

느끼고 아프다.

고통이 눈에 보이는가?

보이지 않는다. 보이지 않으나 고통은 모든 인간이 느낀다.

추억은 그런 것이다.

유미와의 추억, 수인과의 기억은 성림의 사람 됨을 형성하고 그의 생각에 영향을 미치고 삶에 흔적을 남겼다. 그 사람을 만나고, 이야기하고, 만지고 느낄 때, 살아가는 의미를 알게 된다.

그 사람이 있어서 행복하고 그 사람이 있어서 불안하고 슬플 수 있다는 것은 기적이 아닌가?

강아지도 주인에게 감정을 갖는다. 하물며 인간의 감정은 말할 필요조차 없다. 귀가 먹어서 들을 수 없어도 영광의 노래를 작곡할 수 있다. 베토벤의 삶이 그랬다.

시력을 잃어 볼 수 없어도 감동적인 삶을 살 수 있다. 헬렌 켈러가 그랬다. 헬런 켈러는 시각, 청각, 모두 잃은 사람이었으나 동시대와 후시대의 사람들에게 지대한 영향을 준 교육자이다. 헬렌 켈러가 50대의 나이에 《사흘만 볼 수 있다면》이라는 책에 남긴 그녀의 삶은 감동적이다.

"믿음은 바라는 것들의 실상이요, 보이지 않는 것들의 증거이다."(히브리서 11장 1절)라는 성경의 말씀은 믿음은 바라는 것들의 실체(substance)로 보이지 않아도 이미 이루어진 것처럼 확신하는 상태를 말한다.

원어 '휘포스타시스'는 본체나 확신으로 해석되며, 소망의 근거이자 증거이다.

또, 믿음은 바라는 것들에 대한 주관적 확신(confidence)으로 보이지 않는 것들의 존재를 인정하고 증거하는 행위이다.

제 2부

운명의 여신

싱가포르 비행기

찰나의 순간 마주친 눈빛이었으나 두 사람의 눈에는 꺼져가는 생명을 살려야 한다는 애절함이 가득 차 있었다.

싱가포르로 향하는 비행기에 탄 성림은 그동안의 일이 주마등처럼 스쳐 지나갔다.

의과대학을 졸업하고 서울에서 인턴 생활과 내과 전공의 수련을 마쳤다. 하루에 20시간 이상의 일을 하며 버텼다.

인턴과정을 마치고 내과 전공의 1년차 때부터 호흡기내과 전문의가 되려는 목표를 갖고 있었다. 수석으로 학교를 졸업한 그는 서울의 모교 병원도 수석으로 들어갔고, 인턴과정도 최우수 인턴으로 마쳤다.

최고의 성적으로 수료를 마친 인턴 선생은 다양한 진료의 과 중, 선택의 우선권이 주어졌다. 그는 순간의 망설임도 없이 내과를 지원했다.

내과는 호흡기내과, 심장내과, 소화기내과, 내분비내과, 신장내과, 류머티즘내과, 감염내과, 혈액내과 등의 다양한 세부 내과 항목이 있으나 그의 목표는 단 한 가지였다.

호흡기내과 전문의가 되는 것이었다. 고등학교 3학년 때, 첫사랑인 유미가 기관지 천식으로 목숨을 잃는 순간을 직접 보면서도 옆에서 아무것도 할 수 없었던 그는 호흡기내과를 전공해서 기관지 천식이라는 질병을 정복하고자 했다.

그것이 세상을 떠난 유미에 대한 보답이고 하늘에서 자신을 바라보고 있을 유미가 행복할 것 같았다.

내과 전공의 4년의 과정은 뼈를 깎는 고통이었다. 전공의는 교수의 지도하에 수련을 받기 때문에 의학적 행위에 구체적이고 전적인 책임을 지지는 않으나 육체적으로 인간의 한계를 경험하는 날의 연속이었다.

밤을 꼬박 새우는 날들이 비일비재했고 잠을 잘 수 있는 행운의 날에도 하루에 두 시간 이상 잠을 잘 수가 없었다. 전공의 일 년 차 때는 '백 일 당직'이라는 관례에 따라 백 일 동안 집에 한 번도 못 가고 병원에서 살아야 했다.

중환자의 치료를 보조하고 보호자에게 설명하며 응급상황에서 심폐소생술을 해야 했다. 환자를 보고 일하는 것 이외에, 논문도 작성해야 했고, 병원의 온갖 잡일까지 다 해야 했다.

대한민국의 대형병원들은 이렇게 전공의들의 노동력을 착취해서 거대한 병원으로 성장할 수 있었다. 그래도 그 당시의 전공의들은 버틸 수 있었다. 현재의 삶이 매우 고달프고 힘들어도 미래의 꿈과 보상이 기다리고 있다는 걸 알고 있기 때문이었다.

성림의 미래의 꿈과 보상은 안락한 생활과 여유로운 삶을 위한 돈이 아니었다. 그의 보상은 오직 세계 최고의 호흡기내과 전문의가 되어 그 당시에 난치병이었던 천식을 정복하는 것이었다.

모든 병은 원인이 있다. 결핵은 결핵균의 감염이 원인이다. 폐암은 폐암을 유발하는 돌연변이 세포의 발생이 그 원인이고 돌연변이 세포가 발생한 원인은 대부분 흡연 때문이다. 최근에는 흡연과 관련이 없는 폐암도 증가하고 있고, 특히 동양의 여성들에게 그러하다.

폐렴의 원인은 세균이나 바이러스다. 기관지 천식도 원인이 있을 것이다.

그가 전공의를 할 시기는 기관지 천식의 베일이 서서히 걷히고 있던 때였다.

수천 년 이상 기관지 천식의 원인은 기관지의 수축으로 생기는 질환으로 알았다. 그러나 기관지 수축의 근본적 원인이 기관지 점막의 만성적인 염증으로 생긴다는 사실은 몰랐다.

기관지 천식은 기원전부터 인간의 생명을 위협해 온 질환이다. 수천 년 동안, 원인을 몰라서 제대로 치료되지 못했던 기관지 천식을 제대로 치료하기 위한 의학적 원인 규명이 된 것이다.

의사와 제약사는 천식의 원인이 염증인 것이 밝혀진 후 염증을 해결해 주는 치료제 개발에 몰두했다. 다양한 약들이 개발되었고, 천식의 치료에 획기적인 새로운 장을 열었으나 중증의 천식 환자나 스테로이드 저항성 천식, 스테로이드 의존성 천식은 새로 개발된 약에도 듣지를 않았다.

그는 호흡기내과 전문의가 된 이후에도 전공의 시절과 같은 삶을 살았다. 하루에 3시간 이상 잠을 못 자며 일을 하고 연구했다. 낮에는 환자를 보고, 기관지 내시경 검사 시술을 했다.

밤에는 늦게까지 연구를 했다.

어떤 분야의 일이건 성공하는 사람들에게는 한 가지 공통점이 있다. 성공하는 사람들은 다양한 요소가 있을 수 있으나 이것 없이 성공하는 사람은 없다.

로또를 맞아 벼락부자가 된 것을 성공이라고 말할 수 있을까? 그러한 경험은 성공이 아니라 행운이라고 말해야 한다.

성공하는 사람들의 일관되고 공통된 품성은 바로 꾸준함이다. 꾸준함(Consistency)이란 한결같이 부지런하고 끈기가 있다는 말이다.

떨어지는 작은 물방울이 계속될 때 바위를 뚫을 수 있다. '루이 파스퇴르'는 자신의 성공이 바로 꾸준함에 있다고 말했다. 실패한 자가 패배하는 것이 아니며, 포기한 자가 패배한 것이다.

성림은 자신이 보는 앞에서 다시는 천식 환자가 죽어가는 걸 바라만 보고 있지 않기로 결심했다.

해외 학회에 자주 나가는 성림은 자신의 가방 안에 호흡기 질환의 응급 치료제를 늘 가지고 다녔다. 혹시라도 비행기 안에서 응급 환자가 발생했을 때를 대비해 생긴 습관이었다.

"도와주세요!"

비행기 후미 부분의 뒷좌석에서 다급한 소리가 들렸다.

"승객이 쓰러졌어요!"

기내방송이 나오기 시작했다.

"기내에 의사 선생님 계시면 지금 바로 이코노미 99A 좌석으로 와 주시면 고맙겠습니다. 응급 호흡곤란 환자 발생입니다!"

성림은 가방을 들고 즉시 뛰어갔다. 뚱뚱한 여성이 쓰러져 있었다. 숨을 헐떡거리고 있었다. 보조 호흡근을 사용하고 있었으며 입술은 파란색으로 청색증이 있었다.

오래전 봤던 유미의 모습과 똑같았다.

"Hey! man!(이봐요!) What are you trying to do?(무슨 짓을 하려는 겁니까?)"

쓰러져 있던 환자 옆에 어떤 백인이 여자의 옆구리를 칼로 절개하려 하고 있었다.

"No way!(절대 안 돼!)"
"Who are you?(당신 누구야?)"

성림의 외침에 움찔한 백인은 그를 보고 되물었다.

"I'm a thoracic surgeon!(나는 흉부외과 의사요!) Who are you?(당신은 누군데?)"

"I'm a pulmonologist!(나는 호흡기내과 전문의요!)"

비행기 승객들이 웅성거리며 상황을 지켜보고 있었고, 어떤 승객은 핸드폰으로 긴장된 상황을 촬영하고 있었다.

기장이 현장으로 왔다. 기장과 사무장, 승무원들이 옆에 있었다. 흉부외과 의사는 긴장성 기흉(tension pneumothorax)으로 판단하고 응급 처치를 하려고 했다.

'긴장성 기흉'은 빠른 치료가 필요한 응급 질환이다. 흉벽과 폐 사이에 공기가 축적되고 흉부 내 압력이 증가하여 심장으로 들어가는 혈액량이 감소되는 병이다.

흉통과 호흡곤란, 빨라지는 호흡수 등이 증상이다. 긴장성 기흉의 진단이 맞다면, 흉부외과 의사가 환자의 겨드랑이 옆에 구멍을 뚫으려는 시도는 매우 적절하고 비행기 안에서 환자를 살릴 수 있는 유일한 방법이었다.

그러나 성림의 생각과 진단은 완전히 달랐다. 긴장성 기흉이 아니라 기관지 천식의 급성 발작으로 보았다.

기관지 천식의 급성 악화 상태에서 흉곽에 구멍을 내는 시술을 한다면 환자는 바로 죽는다. 기관지 천식 악화의 치료는 좁아져 버린 기관지를 이완시켜 주는 호흡기 흡입 약을 환자의 기도 안으로 흡입시켜 줘야 한다.

증세가 심한 경우, 치료제 흡입만으로 좋아지지 않는다. 약이 기도 안으로 들어가도 좁아진 기관지 안으로 약제가 들어갈 수 없는 경우가 생기기 때문이다. 흡입 약 투여와 동시에 강력한 전신 스테로이드 주사가 필요하다.

기관지 천식의 근본 원인은 기관지 점막의 만성적 염증이므로 염증을 빨리 해결해 줄 수 있는 초강력 스테로이드 주사 치료가 필요하다.

비행기 안에 이러한 구급약까지 준비되어 있지 않았다. 하지만 성림의 가방 안에는 중증 천식 환자를 치료할 수 있는 모든 약제와 기구들이 있었다.

승객들은 떨리는 마음과 흥분된 모습으로 드라마보다 더 영화 같은 이 장면을 '숨' 죽이고 지켜보고 있었다.

두 의사 모두 전문의다. 일반 의사가 아니다. 한 명의 의사는 흉부외과 전문의고 다른 의사는 호흡기내과 전문의다. 일반인들은 누구의 이야기가 맞는지 도무지 판단할 수가 없었다. 일반인이 아니라 보통의 의사도 누구의 진단이 맞는지 판단할 수 없다.

내과의 최고봉인 호흡기내과와 외과의 최고봉인 흉부외과 의사가 같은 환자를 두고 의견이 대립되고 있었다. 문제는 시간이었다. 2분 안에 해결하지 않으면 환자는 죽는다.

'일촉즉발'의 순간이었다. 환자의 생명이 걸려 있는 일이다. 두 사람의 전문의 중에 한 사람의 선택만이 죽어가는 환자를 살릴 수 있었다. 병원이라면 응급 검사를 통해서 확진 후 치료할 수 있었으나 여기는 고도 1만 피트 이상의 상공을 날고 있는 비행기 안이었다.

검사를 할 수 있는 장비가 준비돼 있어도, 시간이 없었다. 비행기에서 일어나는 모든 응급상황의 책임과 관리는 기장에게 있다. 그러나 기장도 지금의 상황에서 누구의 말을 들어야 할지 알 수가 없고 판단할 수 없었다.

"선생님! 여기 흡입제와 주사제, 앰부배깅, 산소통 준비되었습니다."

갑자기 한 스튜어디스가 치료를 돕겠다고 나섰다. 그 누구도

이 스튜어디스의 행동을 말릴 수 없었다.

"환자가 죽으면 당신들 책임이야!"
흉부외과 의사는 소리를 지르며 뒤로 물러났다.

"환자를 똑바로 눕혀 주세요!"

환자의 턱을 뒤로 젖히면서 능숙한 솜씨로 기도 내 삽관 후, 곁에 있던 승무원에게 앰부배깅을 부탁했다. 성림은 환자의 정맥 주사 라인을 잡은 후 '메틸프레드니솔론' 주사를 정맥 내로 주입했다.

성림이 갖고 다니던 구급 장비 중에는 휴대용 산소포화도 장비가 있었다. 환자의 체내 산소 농도를 측정할 수 있는 장비이다. 처음에 환자의 산소포화도 수치는 20%였다. 20%의 산소포화도 농도는 곧 사망이 임박했다는 경고의 수치였다.

죽음의 그림자가 드리워진 상태였다. 성림의 재빠른 손놀림은 마치 화가의 붓놀림과 같았다. 주저함이 없었다. 대한민국 최고의 호흡기내과 전문의의 모습을 모두가 지켜보고 있었다.

1분의 시간도 지나기 전에 환자의 산소포화도는 이미 90%를 넘겼다. 환자의 입술은 분홍빛으로 변했다. 기도 내 삽관 기구를 제거했다. 환자는 죽음의 문턱에서 기적적으로 살아났다.

"Amazing! Wonderful!(와! 대단합니다! 훌륭합니다!)"
흉부외과 의사도 환호하며 축하했고 다시 살아난 환자를 격려했다.
"와! 브라보!"
비행기의 승객들은 우레와 같은 박수갈채를 보냈다.
"감사합니다. 환자가 살았습니다."
기장은 성림에게 여러 차례 감사의 말을 했다.

"승객 여러분. 기장입니다. 응급 환자 발생으로 여러분께 불편함을 드려 대단히 죄송합니다. 진성림 선생님의 탁월한 응급 치료로 환자의 생명은 무사합니다! 불편을 끼친 것을 사과하며, 오늘의 영웅이신 선생님께 무한한 감사의 말씀을 올립니다. 싱가포르 창이공항까지는 약 30분 남았습니다. 착륙 준비에 들어갑니다. 안전벨트를 착용해 주시기 바랍니다. 감사합니다."

성림은 갑자기 나서서 자신의 편에서 도움을 준 승무원을 찾았다. 응급상황 당시 너무 경황이 없어서 인사하지 못했기 때문이다. 그녀의 이름표를 보았다. 그녀의 이름은 윤진주였다.

"진주 씨! 오늘 진주 씨께서 한 생명을 살리신 겁니다. 고맙습니다."

"아니에요. 선생님께서 살리신 거예요, 선생님 정말 고생하셨어요."

"그런데, 그 상황에서 어떻게 제 의견을 따라 주실 수 있었던 건가요?"

"선생님의 눈을 봤어요! 환자를 반드시 살려야 한다는 집념의 눈빛을 보고 저는 선생님을 믿었어요."

한 승객의 생명이 위험에 빠진 위급한 상황에서 진주의 눈빛은 매우 애절하고 총명하며 촉촉했다. 사슴의 눈망울 같은 눈을 가진 그녀는, 결의에 찬 눈빛과 희망의 눈빛으로 그를 바라보았다. 그녀와 눈이 마주친 그도 같은 눈빛으로 그녀를 바라보았다. 찰나의 순간 마주친 눈빛이었으나 두 사람의 눈에는 꺼져가는 생명을 살려야 한다는 애절함이 가득 차 있었다.

"아! 그래요? 오늘 일은 평생 잊을 수 없을 겁니다. 진주 씨는 복 받으실 거예요! 신의 은총이 항상 진주 씨에게 함께하기를 기도하겠습니다."

"아니에요! 너무 과찬의 말씀이에요! 제가 승무원 생활 6년째이지만 이렇게 위급한 상황은 처음 겪어요. 선생님의 멋진 모습을 잊을 수 없을 거예요. 항상 건강하시기를 기도할게요."

창이공항에 도착했다.

싱가포르 국립의과대학 병원으로 가는 길에 가지런히 정리된 야자수 나무와 꽃들을 바라보면서 오늘 비행기 안에서 일어났던 일을 회상했다. 절체절명의 순간에 자신을 도와준 진주 승무원이 생각났다.

청아한 눈빛과 우아한 자세에서 묻어 나오는 기품 있는 태도가 다른 승무원 가운데에서 군계일학처럼 빛났다. 가녀린 어깨를 갖고 있었고 목이 긴 사슴처럼 여리했다.

그런 그녀가 환자의 생사가 바뀔 수 있는 선택의 순간, 성림의 편에 서서 단호한 표정으로 도와주었던 그녀에 대한 강렬한 인상을 지울 수가 없었다. 환자를 반드시 살려야 한다는 그의 눈빛을 보고 그러한 행동을 할 수 있는 승무원은 없다.

하물며 비행기 총 책임자인 기장도 결정을 내리지 못하고 있는 순간이지 않았던가? 그녀가 의학적 지식을 갖고서 판단한 것이 아니라는 사실이 너무 충격적이었다.

국립 의과대학 병원으로 가는 차 안에서 눈을 감고 생각에 잠긴 그는 앞으로 어떤 운명이 그에게 다가오고 있는 것인지 전혀 알지 못한 채 잠시 곤한 잠에 빠져들었다.

***

상가포르 국립의과대학 병원의 대강당에는 세계에서 모인 호흡기내과 전문의들로 북새통이었다. 미국과 유럽, 캐나다, 일본, 중국, 동남아시아 등에서 오늘 그의 주제 발표를 듣고자 모였다. 대강당 강의 무대 위로 갑자기 초록색의 불빛과 함께 사회자의 안내 방송이 나왔다.

"신사 숙녀 여러분! 세계 기관지 내시경 학회에 참석해 주신 여러분께 감사의 말씀을 드립니다. 오늘은 기관지 내시경 시술의 세계적인 권위자인 대한민국의 '진성림' 호흡기내과 전문의를 모시고 형광 기관지 내시경 검사에 대한 강연을 듣게 되어 영광입니다."

"여러분! 진성림 선생님을 우레와 같은 박수로 환영해 주시기 바랍니다."
"와! 짝짝짝!"

대강당의 열기는 후끈 달아올랐다. 그는 강연 무대 위로 올라갔다.

"여러분! 부족한 저를 영광스러운 자리에 초대해 주신 세계 기관지내시경 학회장이신 '우다하' 선생님께 감사드립니다. 아울러 싱가포르 국립의과대학 병원장님께도 감사의 말씀을 전하며 제가 준비한 오늘의 주제 '폐암의 조기 발견을 위한 형광 기관지 내시경 검사의 현재와 미래'에 대한 강연을 시작하도록 하겠습니다."

강연 무대의 첫 발표 슬라이드는 초록색의 빛이었다. 자연에서 볼 수 있는 초록색의 빛으로 표현하기 힘든 영롱한 초록색이었다. 신록이 우거진 숲의 초록빛도 아니었고 고목의 나뭇잎이 햇빛에 반사되어 나타나는 빛도 아니었다.

지금 보이는 이 초록색은 마치 반딧불이의 형광 초록색과 비슷했다. 형광 기관지 내시경 검사 장비의 이론과 실제 환자에게 사용되어 어떤 효과가 있는지, 주의해야 할 점과 앞으로 미래의 방향에 대한 강의 후 한국으로 돌아왔다.

법과 생명의 갈림길

의사는 이성적이고 논리적이다. 자연과학을 공부한 사람이고 증거를 찾아 움직이는 사람이다. 확실한 객관적 사실과 논리를 따른다.

한국에는 특별한 사건들이 진행 중이었다.

한국의 의료시스템은 세계 최고 수준이다. 세계 최고 수준의 시스템은 의사의 실력만이 좋다는 의미가 아니다. 전 세계의 어느 나라도 한국에서처럼 전문의를 쉽고 빠르게 만나면서 비용이 저렴한 국가는 없다.

한국의 의료는 양질의 진료를 가장 빨리, 가장 저렴한 비용으로 치료받을 수 있는 유일한 국가이다. 여기서 의료의 개념은 미용성형 피부와 같은 의료는 아니다.

소위 '상품의료'라 불리는 미용 관련 의료도 의사의 실력은 뛰어나다. 하지만 '상품의료'의 비용은 비싸다. 폐암의 수술비보다 피부 레이저 시술이 훨씬 비싸고 심장 수술비보다 쌍꺼풀 수술이 비싸다.

이러한 기형적인 구조 속에서도 한국의 필수의료가 버텨온 원인은 의사 수의 적절한 조절과 밀접한 관련이 있다. 한국의 대형병원들이 젊은 전공의들의 노동력을 값싸게 착취하며 성장하는 동안 국가는 아무런 대책을 세우지 않았다.

그러다 갑자기 의과대학 정원 2천 명을 해마다 더 뽑아서 10년 동안 2만 명의 의사 수를 늘리겠다는 의료정책을 시행한다고 발표하여 대한민국의 의료가 풍전등화의 위기 속에 빠졌다.

성림은 '수도민족 의과대학' 병원 1층 로비에서 후배 교수를 기다리고 있었다. 1층 로비 옆에는 바로 응급실이 있었다.

"삐뽀! 삐뽀!"
낯익은 구급차 사이렌 소리가 들렸다.
어떤 남자가 119 구급대에 실려 급하게 응급실로 들어가고 있었다.

"형!"

"오! 성욱아! 그동안 잘 지냈어?"
"형! 나는 요즘 의료대란으로 집에 못 들어가서 너무 힘들어!"

"드르륵, 드르륵."
후배의 핸드폰이 울린다.

"네, 응급의학과 교수 이성욱입니다! …네! 우선, 흉부외과, 호흡기내과 팀 불러 주세요!"

성욱은 급하게 일어났다.

"형! 나, 응급실 가봐야 할 것 같아! 호흡곤란이 심한 환자가 응급실에 도착했대. 형도 같이 가보자!"
"그래! 성욱아! 환자 상태 같이 보자."

"교수님! 42세 남자 환자로 호흡곤란과 흉부 통증으로 왔습니다."
"현재 환자 바이탈사인(활력징후) 보고합니다."
"산소포화도 값 74%, 호흡수 42회/분, 혈압 90/60mmHg, 맥박 수 130회/분, 체온 37℃, 의식은 명료합니다."
"ABGA(동맥혈 가스분석) 결과 나왔나요?"

성욱은 환자의 상태가 심각함을 알 수 있었다. 예상한 대로 동맥혈 가스분석 결과는 매우 심각했다.

PaO2(산소 동맥 압)이 60mmHg로 매우 떨어졌고 PaCo2(동맥혈 이산화탄소 압)은 61mmHg로 엄청 증가되어 있었다.

환자는 살기 위해 본능적으로 사력을 다해 힘차게, 자주 호흡을 하고 있었으나 숨길의 통로에 어떤 문제가 발생해 몸 안의 산소 농도는 떨어지고 이산화탄소 농도는 올라가 있는 상태였다.

환자의 상태는 낮아진 산소보다 높아진 이산화탄소가 더 문제였다. 이산화탄소의 농도가 조금만 더 올라가면 'Co2 Narcosis(이산화탄소 중독)'라는 현상에 빠지게 된다. 혈액 속의 이산화탄소 농도가 정상 수치보다 많이 증가하게 되면 인간의 호흡을 담당하는 뇌는 숨을 더 쉬게 하려고 호흡수를 빠르게 조절한다.

이때 깊은 호흡이 일어나지 않고 얕은 숨만 빠르게 지속되면, 산소가 혈액내로 충분히 들어가는 것이 아니라 오히려 산소의 양이 줄어들게 된다. 산소 농도가 떨어질 때 의사는 산소를 공급해 준다.

산소의 공급이 시작되면, 인간의 뇌는 이제는 숨을 빠르게 쉬지 않아도 된다는 신호로 해석한다. 그 결과로 호흡수가 떨어지게 되며 이산화탄소 분압은 더욱더 혈액 안에 쌓이게 된다.

환자의 산소 농도를 올리기 위해서 의사는 산소를 공급해 주는데, 신체의 반응은 반대로 나타날 수 있는 것이다. 그래서 호흡기내과 전문의는 의료체계에서 반드시 필요한 필수의료를 담당하는 것이다.

똑같이 산소가 부족한 환자이나 어떤 환자에게는 고농도의 산소를 공급해야 하고 어떤 경우는 고농도의 산소를 주면 해가 되는 것이다.

이러한 전문적인 지식과 경험은 호흡기내과 전문의가 아닌 다른 과의 의사들은 알 수가 없는 것이다. 대퇴골이 부러졌는데 호흡기내과 전문의가 정형외과적인 수술을 할 수 없는 것과 같은 이치이다.

인간이 숨 쉬고 호흡하는 것의 문제는 필수적이다. 대퇴골 골절 수술을 아무리 잘해도 호흡기 문제가 생길 수 있다. 다양한 외과의 수술 후 보살핌을 호흡기내과 전문의가 하는 현실은 이런 이유 때문이다.

중환자실을 담당하고 있는 중환자 의학을 전공하는 의사들이 필수적으로 호흡기 지식을 알아야 하는 이유이기도 하다.

이런 상태로는 5분을 버틸 수 없다. 즉각적인 치료가 이루어지지 않으면 저산소증과 뇌사, 심장 마비로 인하여 사망할 수 있는 상태였다.

대한민국의 최고 대학 병원인 수도민족 대학 병원이다. 평소와 같은 상황이라면 충분히 이 정도의 환자는 살릴 수 있다. 그러나 의료대란의 사태 속에서 전공의가 전부 사직해 버린 현재에 이 환자를 살릴 수 있다고 장담할 수 없다. 응급실에서 일하는 직원들도 이미 탈진해 있는 상태였으나 최고의 팀답게 일사불란하게 응급 기초검사를 했다.

흉부 사진의 결과는 충격적이었다. 우측 기관지 중엽(가운데)에 날카롭고 뾰족하고 큰 이물질이 박혀 있었다. 응급의학과 교수인 성욱을 비롯한 응급실 팀원들은 경악했다.

오른쪽 깊숙한 폐까지 박힌 거대한 이물질을 제거해 주어야 했다. 문제는 현재 흉부외과 팀은 이미 폐암 환자의 대량 객혈 환자를 수술하고 있었기에 흉부 외과적 수술을 할 수가 없었고 호흡기내과 어떤 교수도 저렇게 크고 뾰족한 이물질을 기관지 내시경 시술을 이용하여 제거할 수 있는 실력의 교수가 없었다.

대한민국에서 지금과 같은 상황에서 기관지 내시경 시술을 통해 이물질을 제거할 수 있는 의사는 성림밖에 없었다.
이성욱 응급의학과 교수는 심각한 표정으로 부탁했다.

"형! 형이 이 환자를 살려줘야겠다."
"성욱아! 무슨 소리니? 여긴 내 병원이 아니야. 외부 의사가 다른 병원에서 시술하는 건 의료법과 보건법 위반이야!"
"형! 알지. 잘 알지. 근데 지금 우리 병원에서 저 환자를 살릴 수 있는 의사가 없어!"

"우리나라에서 형만 할 수 있는 일이야!"

"성욱아! 일이 잘돼도 문제가 될 수 있고, 환자가 만일 잘못되면 그 책임을 어떻게 할 건데? 나는 오늘 너를 만나러 온 거야."
"형! 그럼 저 환자 죽음을 그냥 보기만 할 거야? 형 그럴 수 없잖아!"

성림은 난감했다.

대한민국 의료법과 그보다 상위 개념의 보건법이 얼마나 허무맹랑하고 불합리한 점이 많은지 잘 알고 있었다. 또 그러한 법을 집행하는 공무원들이 얼마나 사무적이고 탁상공론의 대가인지도 잘 알고 있었다.

가난한 환자에게 진료비와 검사 비용을 받지 않고 치료해 주었다가 의료법 위반이라는 고소를 당해서 고생한 적도 있었다. 일반 사람들이 도저히 상상하지 못하는 악법들이 의료법 곳곳에 악마처럼 도사리고 있다는 사실을 국민은 모른다.

잘했다고 칭찬받을 상황에서도 의료법은 의사를 옥죄고 범법자로 몰아갔다. 그런 경험을 너무 많이 당했던 성림에게 지금의 이 상황은 더 심각했다.

진퇴양난(進退兩難).
앞으로 나가기 어렵고, 뒤로 물러서기 어렵다.

사면초가(四面楚歌).
사방에서 초나라의 노래가 들려오는 상황으로 두 사자성어 모두 어떻게 해볼 수 있는 상황이 아니라는 뜻이다. 이러지도 못하고 저러지도 못하는 상황이나 환자는 곧 죽는다. 어쩔 수 없었다. 성림은 의사이기 때문이었다.

"응급 이동식 기관지 내시경 장비와 이물질 제거 겸자, 바스켓, 기관 삽관 준비, 이동식 인공호흡기 준비해 주세요!"

응급실 시술 가운을 입었다. 환자의 보호자와 통화되었다.

"안녕하세요? 저는 고운숨결내과, 호흡기내과 전문의 진성림입니다. 관계가 어떻게 되세요?"

매우 단아한 목소리는 폭풍 속에 흔들리는 가느다란 나뭇가지처럼 떨렸다.

"네, 선생님. 저는 그 사람의 여자 친구 세정입니다."
"법적 가족관계 보호자는요?"
"네, 선생님. 그 사람은 미국에서 태어나서 지금 한국에 법적 보호자는 모두 미국에 계십니다."

직계가족이나 부인이 아닌, 여자 친구는 병원 시술의 동의서에 아무 법적인 효력이 없다. 환자의 의식은 이제 몽롱한 상태다.

기관지 내시경 이물질 제거 시술은 매우 위험하다. 기관지 파열이나 기관지 동맥의 출혈로 즉사할 수 있다. 성림은 이 병원의 의사도 아닌데 시술을 하려고 했다. 환자에게 동의도 받지 못했고, 법적 보호자의 동의도 받지를 못했다.

만일 환자가 죽게 된다면 모든 책임과 비난을 성림 혼자서 감당해야 했다. 법적인 책임에서도 자유로울 수 없는 문제이며 그의 의사면허가 취소되고 실형을 받아 교도소에 갈 수도 있는 상황이다.

의사는 이성적이고 논리적이다. 자연과학을 공부한 사람이고 증거를 찾아 움직이는 사람이다. 확실한 객관적 사실과 논리를 따른다. 뜬구름 잡는 이야기는 듣지 않는다. 의사는 환자의 생명을 책임지기에 더 그래야 한다.

의사의 본질과 법적인 문제가 충돌되는 경우가 있다. 지금과 같은 경우이다. 의사는 신이 아니기에 시행하는 치료가 100% 성공한다는 보장은 없다. 시술이 어려우면 어려울수록 실패의 확률도 높다.

성림은 의사의 본질을 따랐다. 법의 잣대도 중요하고 자신을 보호하는 것도 중요하지만 눈앞에서 꺼져가는 생명을 외면할 수 없었다.

"우측 중엽 기관지에 이물질 발견! 환자의 산소포화도?"
"72%입니다."
"산소 10L/분 올려주세요! 출혈에 대비해서 적혈구 팩 준비해 주세요!"

환자의 우측 중엽(가운데) 기관지 깊숙이 뼈다귀와 뾰족한 게 섞여 박혀 있었다.

성림은 모든 신경을 자신의 손끝과 눈에 집중했다. 기관지 내시경 검사는 언제나 최고의 긴장감이 몸을 휘감지만 이렇게 위험한 시술을 할 때면 자신도 모르게 뼈가 녹는 것 같은 스트레스를 받는다. 그러나 그의 목소리는 여느 때와 마찬가지로 매우 차분했다.

"겸자 주세요!"
"이물질 잡았습니다. 천천히 제거합니다."

순간 환자는 무의식중에 심한 기침을 한다.
"콜록! 콜록!"
"이물질 놓쳤습니다. 출혈 발생! 기도 안의 시야 확보 불가!"

기관지 안의 혈관은 동맥혈이다. 한번 출혈이 생기면 많은 양의 피가 솟구칠 수 있고, 기관지 내부는 매우 좁아서 출혈이 발생하면 피만 보이고 이물질은 눈으로 볼 수 없다.

"생리식염수 20cc 주입. 에피네프린 주입!"

성림은 당황하지 않았다. 기관지 내시경 할 때의 그는 마치 심장이 없는 사람 같았다. 사람이 아니라 로봇이 시술하는 것 같았다. 50분여의 사투 끝에 환자의 이물질은 성공적으로 제거됐다.

"형! 너무 고생했어요! 역시 형은 세계 최고 호흡기내과 전문의야."
"성욱아! 너 때문에 환자가 살았다."
세정은 응급실 밖에서 초조하게 기다리고 있었다.

"남자 친구의 응급상황은 잘 해결되었습니다."
"선생님. 너무 감사드려요. 이 은혜를 어떻게 갚아야 할까요? 다음 달에 제가 '세종문화회관에서 공연을 해요. 꼭 초대하고 싶습니다. 저의 소원입니다. 그날 꼭 와 주세요."
"아, 네 감사합니다. 시간이 되면 가도록 할게요."

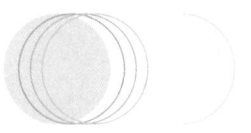

봄비와 같은 인연

외로운 감정조차 사치스러운 감정이라고 치부하며 자신의 삶을 고독과 번민의 소용돌이 속에 버려둔 채, 오직 환자의 생명을 살리는 일에만 몰두해 온 그의 마음에 문득 늦가을의 고독함이 차가운 바람처럼 성림의 마음을 흔들었다.

한 달의 시간은 쏜살같이 흘러갔다.

'세종문화회관' 대강당에는 사람들이 꽉 차 있었다. 전통 한국 무용의 다채로운 공연이 시작되었다. 그가 한국 전통 무용을 직접 관람하는 것은 처음이었다.

호흡기 중환자의 삶과 죽음의 갈림길에서 매일같이 극도의 긴장감과 압박감 속에서 하루를 버티던 그에게 한국 전통 무용의 구경은 평안함을 주었다.

특히 세정의 살풀이 무용은 매우 인상적이었다. 우리나라는 정(情)과 한(恨)이 많은 민족이다. 세계에서도 유일하다. 그러한 민족의 감성을 손가락과 팔, 다리와 몸을 통해 표현하는 살풀이 춤은 한국 무용의 다양한 춤 가운데 무속신앙과 관련이 깊다.

원래는 사람들이 그 해의 나쁜 운을 풀기 위해 벌였던 굿판에서 무당이 나쁜 기운을 풀기 위해 추는 즉흥적인 춤이었으나 점차 예술적 형태를 갖추게 되어 오늘날 한국 고전 춤의 대표적인 춤으로 정착한 것이다. 세정은 살풀이 가락에 맞춰 삶의 슬픔과 고통을 환희의 세계로 승화시키는 감정을 아름다운 춤사위로 표현했다.

"원더풀! 브라보!"
"아름답다!"
"최고다!"
우레와 같은 박수갈채는 대강당의 곳곳에서 터져 나왔다. 관객석 여기저기에서 함성이 터져 나왔다.

"축하드립니다! 너무 멋진 공연이었습니다!"
"어머! 선생님! 와 주셔서 감사해요."
"선생님! 저를 살려주셔서 감사합니다! 선생님이 아니었다면 저는 지금 제 여자 친구의 공연을 못 볼 뻔했습니다."

세정의 무대 인사에는 지인들이 많이 왔다. 성림은 세정의 남자 친구와 인사를 나눈 후 다시 병원 연구실로 가기 위해 돌아섰다.

그 순간,

"선생님!"
"어! 혜인 씨!"
오래전, 78세 남자와 함께 중상을 입었지만 성림이 살린 그 여성이었다.

"선생님! 여기 웬일이세요?"
"아, 세정 씨의 초대로 왔습니다."
"어머나! 형부를 살려주신 선생님이 바로 선생님이셨구나! 언니 이야기 듣고 선생님일 수도 있다고 생각했어요! 그런 응급 상황에서 최고의 실력과 품성을 가진 선생님은 우리나라에 한 분밖에 없다고 생각했어요!"
"과찬입니다. 혜인 씨는 이제 다 괜찮으시죠?"
"그럼요! 선생님 덕분에 저는 제2의 인생을 살고 있죠."
"참, 여기 제 남자 친구 크리스 존이에요."

혜인 옆에는 푸른 눈동자와 오똑한 콧날, 훤칠한 키의 백인 남성이 있었다.
"Nice to meet you, I'm Seong Lim, Jin.(만나서 반갑습니다.

저는 진성림입니다.)"

"Glad to see you, Doctor Jin, I'm Kris John.(만나서 기쁩니다. 선생님, 저는 크리스 존입니다.)"

"선생님. 저희 와인 한잔하러 가요!"

혜인은 자신의 생명을 살려준 그에게 감사의 표현을 하고 싶었다. 세정 언니의 공연을 보러 온 자리에서 그를 만났다는 사실은 보통의 우연이 아니었다. 더구나 형부의 생명을 살려준 장본인이 그이기에 오늘의 이 우연이 더욱 신기하고 감사했다.

"그래요! 선생님. 제 남자 친구도 살려주신 은혜를 저희도 평생 간직하고 살 거예요."
"이렇게 저희가 만난 인연은 너무 소중한 시간인 거 같아요."

막 공연을 끝낸 그녀는 공연 팀과의 뒤풀이 회식이 있었으나 안중에도 없었다. 그녀는 혜인에게 눈빛을 보냈다.

"그래요! 선생님!"
"제가 와인 바를 하고 있으니 제 가게로 가요."
세정과 혜인은 성림을 그냥 보내 줄 마음이 전혀 없었다.
"네, 감사합니다. 제가 술을 잘 못 마십니다. 잠시 들렀다가 나올게요."

청담동의 어느 아늑한 곳에 아담하고 예쁜 와인 바로 들어갔다. 와인 바에는 호텔 코스테스(Hotel Costes)의 음악이 경쾌하지만 부드럽게 흘러나오고 있었다.

"선생님! 레드와인을 좋아하세요? 아니면, 화이트와인을 좋아하세요?"

본인의 가게에 들어선 순간 혜인의 자세가 바뀌었다. 혜인의 자태만 바뀐 것이 아니라 눈빛도 달랐다. 성림은 의료 전문가다. 한 분야의 전문가는 다른 분야의 전문가를 잘 알아볼 수 있었다.

조금 전, 한국 무용의 '살풀이 춤'을 추던 세정의 손동작 하나하나가 한국 전통 무용의 전문가임을 느낄 수 있었듯이 와인 바에서 혜인의 모습은 전문적 '소믈리에'의 모습, 그 자체였다.

'소믈리에'는 와인 감별사를 의미하는 프랑스말로 와인의 맛과 향, 산지 등 와인의 정보를 모두 꿰차고 있는 전문가를 말한다.

세정과 그녀의 남자 친구 용진, 혜인과 혜인의 남자 친구 크리스 존, 성림, 이렇게 다섯 명은 중앙에 샹들리에가 멋들어지게 있는 바로 아래 테이블에 앉았다.

"용진 씨! 호흡곤란이나 흉부 통증 같은 증상은 이제 없죠?"
"네! 선생님의 응급시술 덕분에 살아서 지금 잘 삽니다! 저의 생명을 살려주셔서 다시 한번 감사드립니다."
"아닙니다. 그날 응급실에서 제 후배가 머뭇거리고 있던 제게 용기와 사명감을 일깨워 주었고, 용진 씨의 평소 체력이 좋으셔서 치료된 것입니다."
"선생님은 저의 생명도 살려주시고 형부의 목숨도 살려주셨어요. 이건 정말 하늘이 내려준 운명이에요! 오늘 세정 언니의 공연도 너무 아름다웠어요. 언니 공연 보러 왔다가 이렇게 저를 살려주신 선생님도 만났어요. 너무나 행복한 오늘을 우리 기념하면서 건배해요."

혜인은 세정의 공연 때 그를 만날 수 있던 행운을 그저 운이 좋은 날이라고 생각하지 않았다. 뭔가 숙연한 인연의 끈이 오늘의 자리로 안내한 것 같았다.

"Cheers!(건배!)"

서로 즐거운 대화를 하며 두 커플의 만남과 사랑을 시작하게 된 이야기꽃을 피우고 있던 그때, 어디선가 낯익은 청아하고 해맑은 목소리가 들려왔다. 그는 오감(五感)이 매우 예민한 사람이다. 오감 중에서도 특히 청각이 뛰어났다.

그의 직업이 호흡기내과 전문의라 청진기로 환자의 호흡음을 유심히 들어야 하는 직업적 특성이기도 하다. 약 200만 번 이상의 호흡음을 들어온 성림의 귀에 분명히 이전에 들었던 목소리가 들렸다. 평범한 목소리도 구분할 수 있는데 지금 들리는 목소리는 잊을 수가 없는 소리였다.

소리에 집중했다.

목소리는 왼쪽 끝, 어딘가에서 들리고 있었다. 자신도 모르게 일어나서 목소리가 들리는 곳을 향해 갔다.

"어머나! 선생님!"
"아! 진주 씨!"
두 사람의 만남은 마치 꽃샘추위를 이기고 이제 막 꽃이 피기 시작하는 만물이 소생하는 봄의 계절과 같았다. 긴 추위를 견디고 이겨내서 한 송이의 꽃을 피우는 매화의 꽃향기 같았고, 분홍빛의 진달래가 흐드러지게 피어나는 모습을 떠오르게 했다.

"선생님! 여기는 제 남자 친구예요."
"안녕하세요? 진성림입니다."
"안녕하세요? 선생님. 김혁기입니다. 저번에, 비행기 안에서 응급 환자를 살리신 선생님의 말씀을 진주에게 들었습니다.

정말 대단하십니다. 선생님이 우리나라에 계셔서 영광입니다."
"아닙니다. 그날, 진주 씨가 응급 환자를 살린 겁니다. 진주 씨가 제일 중요한 핵심내용을 쏙 빼고 혁기 씨에게 말씀드린 것 같은데요. 사실은 그날, 미국 흉부외과 선생의 기흉 진단과 응급치료로 기울고 있었습니다. 진주 씨가 바로 제 편에 서서 저를 도와주어서 위급한 환자를 살릴 수 있었습니다."
"자기야! 자기가 잘한 일은 쏙 빼고 말했구나!"
"아니야! 나는 선생님의 환자를 살려야 한다는 눈빛을 보고 반사적으로 그렇게 행동한 거예요."
"마침 제 일행이 함께 와 있는데 불편하지 않으시면 같이 합석해도 될까요?"
"네! 선생님! 너무 좋아요."
"함께 와인 마시면서 이야기해요."

운명의 여신이 모두를 한자리에 모이게 한 것 같은 날이었다. 일곱 명이 모인 자리는 와인 바의 샹들리에 빛처럼 영롱했고 와인 바 벽에서 은은한 빛을 내는 작은 스탠드 조명 빛보다 더 그윽했다.

세정과 용진.
혜인과 크리스 존.
진주와 혁기.
성림.

나이도 다르고 자라온 환경도 다르며, 직업도 다른 일곱 명의 대화는 무지개처럼 다양하고 아름다웠다. 희망의 상징인 무지개처럼 그들의 이야기 속에는 삶에 대한 진지한 태도와 열정, 사랑이 가득했다.

성림은 처음으로 일상의 행복을 느꼈다.

매일 병원에서 호흡기 중환자의 치료를 위해 사투를 하던 그에게 지금의 이 자리가 마치 뜨거운 사막에서 우연히 마주친 오아시스와 같았다. 오랜 가뭄 끝에 내리는 단비와 같았다.

외로운 감정조차 사치스러운 감정이라고 치부하며 자신의 삶을 고독과 번민의 소용돌이 속에 버려둔 채, 오직 환자의 생명을 살리는 일에만 몰두해 온 그의 마음에 문득 늦가을의 고독함이 차가운 바람처럼 성림의 마음을 흔들었다.

병원의 연구실로 돌아와 자신의 좁은 침대 위에 누웠다. 병원의 대기실과 검사실, 치료실은 넓으나 유일한 휴식 공간인 자신의 휴게실은 쪽방보다 작다. 누우면 더 이상의 여유 공간이 없는 매우 작은 침대 하나가 있을 뿐이다. 지치고 피로한 몸을 달래주는 유일한 안식처에서 오늘 우연히 만난 진주를 생각했다.

수려한 외모와 청아한 목소리, 사슴과 같은 눈망울에 고혹적인 눈빛을 가진 여인이다. 진주의 모습과 잘 어울리는 남자 친구인 혁기를 만나 이야기를 나누고 난 후, 인간사의 이치가 다시 보인 듯했다.

친구를 보면 그 사람의 됨됨이를 알 수 있다는 격언을 두 사람을 보고 다시금 깨달았다. 진주와 혁기는 외모나 성격, 품위, 가치관, 하는 일 등 모든 면에서 완벽한 연인이었다.

혜인과 크리스 존의 커플도 마치 영화에서 본 듯한 모습이었다. 키가 170cm인 혜인은 얼굴이 작고 눈, 코 입술이 조화로운 미모의 소유자다. 특히 감수성이 매우 풍부한 그녀의 마음은 주위 사람들을 항상 배려하고 챙긴다.

혜인의 외국인 남자 친구 크리스 존은 외국영화의 톱배우 같았다. 백인 특유의 큰 키와 넓은 어깨, 약간 장발의 머리스타일인 그는, 미켈란젤로의 작품인 '다비드 조각'처럼 빛났다.

세정은 동양적인 몸매에 부드러운 코의 선과 작은 얼굴형, 크고 예쁜 눈을 가진 전형적인 현재 대한민국의 미인상이다. 마음은 전통적인 우리나라의 여인과 같이 정이 많고 공감을 잘하며 상대방을 배려하는 여인이었다.

그녀의 남자 친구인 용진은 한마디로 '상남자' 스타일의 외모
였다. 큰 체격과 다부진 몸매에서 나오는 카리스마가 일품인
남자였다. 미국의 척박한 환경에서 투지와 열정으로 유통업계
에서 크게 성공한 사람이었다.

세계 유통 시장의 선두였다. 경제적으로 크게 성공한 사람이
나 겸손하고 배려 깊은 사람이었다.

각자의 커플들이 자신들의 매력을 발산했다. 와인 바의 향기
는 짙어만 갔다.

어떤 현실의 아픔도 이들의 사랑 앞에서는 초라한 장애물에 지
나지 않는 것 같았다. 사람의 축복뿐 아니라 하늘의 축복을 받
은 커플들이었다. 성림은 이들을 생각하면서 너무 아름다운 사
람들을 만날 수 있었던 인연에 감사하면서도 마음이 아려왔다.

이들의 모습을 보면서 유미가 생각났다. 수인이도 생각났다.
수인은 지금 어느 하늘 아래 숨 쉬고 살아 있다. 그러나 유미
는 이 하늘 아래 없다. 살아 숨 쉬는 사람도 보고 싶었지만 하
늘나라에 가 있는 유미는 더 그리웠다.

그날은 그렇게 밤이 깊어 갔고 또 다른 날의 새벽이 밝아왔다.

"원장님! 호흡곤란 응급 환자입니다."

여느 때와 마찬가지로 전국에서 몰려온 환자들이 대기실에서 진료를 기다리고 있던 날이었다. 성림과 함께 일하는 직원들은 의사만큼 전문적 식견이 뛰어나다.

특히 호흡기 분야의 지식과 경험은 일반적인 수준을 뛰어넘는 전문가적 수준이다. 어떤 환자가 응급치료를 받아야 하는지 정확하게 알고 있다.

"산소포화도는?"
"70%입니다."
"나이, 혈압, 맥박은?"
"82세, 80/50mmHg, 114회/분입니다."

"기도삽관 준비!"
"산소마스크 분당 10L(리터)로 시행!"
"중심 정맥 관 준비!"
"도파민 주사 주입!"

눈 깜짝할 사이에 이 모든 응급치료가 대기실에서 이루어졌다. '가림막'을 하고 응급치료가 시행되어 대기실에 있던 환자들이 치료 광경을 직접 볼 수는 없었으나 성림과 간호사들 사이의 긴박한 음성을 다 듣고 있었다.

응급 치료가 시행된 후 환자는 안정을 찾았고 집중 치료실로 옮겨져 치료를 받았다. 고된 하루를 마치고 퇴근하는 길에 핸드폰의 진동이 울렸다.

그녀의 남자 친구

그의 볼은 어느새 심하게 말라있었다. 수척해진 그의 얼굴을 보며 그녀의 마음은 아팠다.

"진주 씨! 잘 지냈어요?"
"선생님. 바쁘신데 전화 드려서 죄송해요."
"아닙니다. 진료 마치고 이제 집으로 가는 중이에요. 무슨 일 있어요?"

그녀의 목소리가 평소 그녀의 소리와 달랐다.

"선생님. 제 남자 친구가 일주일 연속 가래에 피가 섞여서 나온다고 해요."
"아! 그래요? 가래 안에 피가 섞여 나왔다면, 기관지와 폐에 대해 정밀 검사가 필요합니다. 내일 아무것도 먹지 말고 병원으로 아침 7시까지 오시라고 하세요. 진주 씨도 내일 비행 일정 없으시면 같이 오세요."
"네, 선생님! 감사해요. 너무 바쁘신 선생님께 부탁드려서 죄송해요."
"아닙니다! 당연히 제가 진료를 해야지요. 걱정하지 마시고 내일 오세요."
"네, 선생님! 감사합니다. 내일 뵐게요."

그의 마음은 착잡했다. 일주일이나 계속된 피 가래는 의학적으로 심상치 않은 상태라는 것을 잘 알고 있기 때문이다.

가래에 피가 나오는 객혈은 단순 기관지염부터 폐암까지 다양한 원인이 있을 수 있기 때문이다. 객혈이 일주일 동안 계속된 경우, 최악의 경우 폐암의 가능성도 있다는 걸 매우 잘 알고 있다. 혁기 씨의 건강도 염려되고, 진주도 걱정되었다.

아름다운 연인에게 불행이 오지 않기를 바라며 고단한 몸을 끌고 집으로 돌아와 누웠다. 불면증에 시달리던 성림은 그날은 더 잠을 청할 수가 없었다.

그는 마음이 따뜻하고 그 누구보다 여린 마음을 가졌다. 자신의 육체적 고통이나 정신적 아픔보다 환자의 고통과 아픔에 몸부림을 쳐야 하는 그런 성품이었다. 이러한 성품은 환자의 생명을 다루고 치료하는 의사에게는 치명적인 약점이었다.

평생을 살면서 보통의 사람들이 한두 번 아프고 겪는 감정의 폭풍을 매일 겪으면서 중환자를 돌보는 것은 그의 몸과 정신을 서서히 아프게 했다.

다음 날 새벽부터 천둥과 번개를 동반한 여름 집중 호우가 시작되었다. 세상을 집어삼킬 듯 거세게 내리는 빗방울은 땅의 표면을 거칠게 때리고 있었다.

출근하는 마음이 무거웠다. 오늘 하루도 10명의 기관지 내시경 검사 예약자가 있었다. 대부분 전국 방방곡곡에서 오는 중환자들이었다. 평소보다 더 마음이 무거웠던 까닭은 진주의 남자 친구인 혁기 씨의 폐 정밀 검사를 해야 했기 때문이었다. 객혈(喀血) 증상이 어떤 질환을 말하는지 잘 알고 있었기에 그러했다.

"음…."

혁기의 흉부 CT 영상을 확인한 성림은 나지막한 소리를 냈다.

"선생님 무슨 문제가 있나요?"
진주의 표정이 어두웠다.
"흉부 CT 결과 좌측 상엽 기관지에 혹 같은 것이 있습니다. 혹이 있다고 해서 모두 악성 암은 아니니 너무 걱정 말고 기관지 내시경 검사를 통한 종양 조직검사를 해야 정확한 진단이 가능합니다."

"혁기 씨, 혹시 흡연을 하셨나요?"
"제가 20대에 담배를 많이 피웠어요. 하루에 두 갑 이상 피웠어요. 진주 만나고 끊었습니다."
"혹시, 폐암 가족력은 있나요?"
"삼촌이 폐암으로 돌아가셨습니다."
"네. 지금으로서는 가장 시급한 검사가 기관지 내시경 검사를 해서 종양 조직검사를 해야 합니다."

고요함과 적막이 흐르는 기관지 내시경 검사실. 30년의 세월 동안 들락거렸으나 한결같은 느낌은 다르지 않다. 긴장된 공기와 엄숙함, 팽팽한 압박감이 숨 쉬는 공간이다.

"좌측 상엽에 기관지 종양 발견! 기관지 조직검사 준비!"
"네! 원장님, 준비되었습니다."
"종양 조직검사 후, 출혈 발생할 수 있습니다. 지혈제와 혈관 수축제 준비 부탁합니다."

폐종양이나 기관지 종양의 조직검사는 매우 중요하다. 특히 폐암의 경우 한 가지 종류가 아니라 크게 소세포폐암(Small-cell carcinoma)[7]과 비소세포폐암(Non-small cell carcinoma)으로 분류한다. 정확한 조직검사가 중요한 이유는 치료 방침이 완전히 다르고 예후도 크게 다르기 때문이다.

소세포폐암은 매우 예후가 나쁜 암이고, 폐암 중에서 가장 악성인 암이다.

소세포폐암이 아닌 폐암을 비소세포폐암이라 하는데 비소세포폐암은 다시 대세포폐암, 편평상피세포폐암, 선암폐암으로 구분한다.

폐암의 종류에 따라서, 치료의 방침과 예후가 다르다는 것은 조직검사를 할 때, 한 개의 조직만 떼어서는 안 된다는 말이다. 최근에는 최신 표적 치료제와 면역 치료제가 많이 개발되어 치료제의 선택 폭이 넓어졌다.

이 뜻은 시술자가 조직을 많이 충분하게 채취해야 한다는 뜻이다. 조직검사를 충분히 하면 되지 않을까 하는 궁금증을 갖고 있을 수 있다. 그러나 기관지 내시경을 통한 종양의 조직검사는 위 내시경 검사의 조직검사나 대장 내시경 검사의 조직검사와는 하늘과 땅만큼의 차이가 난다.

---

7 세포 크기가 작다고 하여 소세포폐암으로 이름 붙여진 암.

기관지 내시경 검사 조직검사는 출혈의 위험성이 매우 높고 출혈이 발생하면 환자의 상태가 위험해질 수도 있다. 정확한 치료를 위해서는 많은 양의 조직을 떼어내야 한다. 많은 양의 조직을 떼어내면 환자가 위험해질 수 있다.

의사는 모든 환자에게 한결같은 자세로 치료한다. 그러나 의사도 사람이다. 의사의 직계가족이나 너무 가까운 사람의 시술은 하지 않는 것이 관례였다.

의사의 모든 행위에는 부작용이 생길 수 있다.

의사는 신이 아니라 인간이다. 부작용은 의사의 실수로 발생할 수도 있으나 아무런 실수 없이도 발생할 수 있다. 예측 불가능한 영역이다. 혼신(渾身)의 힘으로 많은 양의 조직을 떼어냈다.

그는 전 세계에서 가장 많은 기관지 내시경 검사를 했다. 대한민국뿐 아니라 전 세계에서 가장 시술 건수가 많다는 것이 검사할 때 편안하고 쉽다는 뜻은 아니었다. 검사할 때마다 그의 심장은 터질 듯한 압박감을 느끼고 온 신경은 저리도록 아팠다.

인공지능이 아무리 발달해도 기관지 내시경 검사를 통한 암

조직검사는 불가능하다. 인공지능이나 로봇은 그의 손의 감각과 신경을 집중하여 느끼는 육감을 느낄 수 없기 때문이다. 간단한 시술이 아니었다.

그의 삶을 갈아 넣어서 검사하고 치료를 하는 것이었다. 그래서 호흡기내과 중환자를 볼수록 그는 아팠다. 그 아픔을 안고서 환자를 살리는 것이었다.

식은땀을 뒤로하고 검사를 마무리했다.

"진주 씨! 혁기 씨의 검사는 합병증 없이 잘 끝났어요."
"선생님! 너무 고생하셨어요. 감사합니다. 혁기 씨는 괜찮은 거죠?"
"조직검사를 했으니 일주일 후 결과가 나와요."

성림의 눈에는 수심이 가득했다. 진주 남자 친구의 정확한 진단은 조직검사가 나와야 알 수 있으나 임상경험을 바탕으로 추측해 보면, 폐암이 거의 틀림없었다. 폐암의 조직학적인 진단이 '소세포폐암'이 아니길 바랄 뿐이었다.

일주일 후 진주와 혁기는 다시 고운숨결내과로 왔다.

"선생님! 조직검사 결과 어떻게 나왔어요? 설마 나쁜 건 아니죠?"

진주의 입술이 파르르 떨리고 눈빛은 두려움에 휩싸여 있었다.
"선생님! 저 폐암인가요?"
혁기의 얼굴도 긴장감과 걱정으로 어둡게 변했다.
성림은 이 순간이 힘들었다.

30년 전에는 암의 진단을 직접 말하는 경우가 드물었다. 10년 전부터 시대의 흐름이 달라졌다. 환자 본인의 선택권이 중요해지고 존엄한 죽음의 가치가 강조되면서 환자에게 직접 진단을 설명하게 되었다.

"매우 안타깝지만, 현재 상태는 폐암입니다."
"네? 정말요? 폐암이면 오래 못 사는 암 아니에요?"
진주의 흐느낌이 섞인 질문에 성림은 사실대로 말해줄 수밖에 없었다.

"폐암 중, 가장 예후가 나쁜 소세포폐암입니다. 병의 상태는, 꽤 진행되었습니다. 확장기 소세포폐암입니다."

"안 돼요! 선생님. 그럼 우리 혁기 씨는 어떻게 되나요?"
"소세포폐암은 수술로 치료할 수 없고, 항암치료와 면역치료를 해야 합니다. 안타깝지만 항암치료를 해도 평균적으로 1년 정도의 시간만 남아 있습니다."

성림의 마음이 아팠다. 혁기 씨와 진주를 위해서 사실대로 말할 수밖에 없었다.

거짓말로 희망고문을 하는 것보다 현실을 직시하고 남은 생을 두 사람이 행복한 시간을 보낼 수 있게 해 주는 것이 더 가치 있는 일이라고 생각했다.

"2달 전에 세계 최초로 이중 항체 치료제가 개발되었습니다. 아직 국내에 도입이 안 되어서 우리나라에서 사용할 수는 없는데, 미국에서는 사용할 수 있습니다. 제가 미국의 병원에 연락하여 치료를 도와드리도록 하겠습니다."

진주와 혁기는 크나큰 상심에 빠졌다. 그러나 두 사람은 현명하고 지적이며 현실을 직시할 줄 아는 사람들이었다. 치료에 집중하기로 했다.

성림은 미국의 존스홉킨스 병원과 하버드 병원에 메일을 보냈다. 소세포폐암 환자에게 새로운 신약을 사용해 줄 것을 부탁했다.

신약은 개발하기까지 엄청난 천문학적인 돈이 들어간다. 신약, 특히 항암제의 개발은 적어도 10년에서 20년의 시간이 필요하고 비용도 수천억 원이 아니라 수조 원이 들어간다. 이렇게 긴 시간과 돈을 쏟아부어도 신약이 성공하는 확률은 천분의 일이다.

그래서 신약을 초기에 사용할 때는 약값이 매우 비싸다. 한 알에 수천만 원이 넘기도 한다. 일반적인 사람이 감당하지 못할 정도로 비싸다.

"진용 씨. 성림입니다. 어려운 부탁을 드리고자 뵙고 싶습니다."

성림은 고민 끝에 세정의 남자 친구인 진용에게 연락했다. 세정의 남자 친구인 진용은 미국에서 유통업을 크게 하여 매우 성공한 재벌이었다.

"진용 씨가 경영 중인 아메리카 세기그룹에 폐암 환자 신약 프로그램을 지원할 수 있는 방안이 없을까요? 일전에 와인 바에서 같이 모였던 혁기 씨가 '소세포폐암'인데 신약이라 비용이 5억 원 정도 들어갑니다."
"아! 그때 그분요. 제가 도울 수 있다면 오히려 영광입니다. 즉시 회사에 연락하여 지원하도록 하겠습니다."
"진용 씨 너무 고맙습니다!"

세정의 남자 친구인 진용은 이런 사람이었다. 재벌이나 거만하지 않았고 남을 돕는 데 인색하지 않았으며 자신의 사업이 선한 일에 쓰이는 것을 즐거워했다.

세정은 한국무용의 대가였다. 한국무용 중에서도 '살풀이 춤'의 전설적 존재다. 대한민국의 인간문화재이다. '살풀이'는 전통무속 신앙과 연결이 깊다. 세정은 한때, 무속신앙에 빠졌었다. 점집을 자주 다녔다. 그녀는 신기가 있었다. 신내림을 받을 뻔했던 그녀의 영적인 능력은 타고났다. 그녀가 기독교 신앙에 심취하고 하나님을 믿게 된 계기는 남자 친구와의 만남 때문이었다.

진용의 사업이 큰 어려움을 겪고 있을 때였다.
미국에 가서 남자 친구를 위로하던 그녀는 어느 날 새벽, 자신도 모르게 집 근처 교회로 향해 가고 있었다. 십자가를 보는 순간, 한없이 눈물이 흘렀다. 하나님을 찾았다. 그녀의 마음은 예수님의 십자가로 인해 무너졌다.

사도 바울은 유대인이었다. 예수님을 부인하고 기독교를 핍박했다. 그랬던 그가 기독교의 전도에 큰 역할을 했다.

하나님으로부터 부름을 받는 것을 '소명(召命)'이라고 한다. 신약성경에 나오는 사도행전에서 그는 예수님을 믿는 자들을 앞장서서 박해하였으나, 회심하여 기독교 초기 신앙에 막대한 영향을 끼쳤다.

세정도 소명(召命)을 받았다. 그녀는 한국무용의 인간문화재로서 하늘의 부름을 받아, 하나님의 사랑과 뜻을 몸짓 하나하나로 표현하며 하나님의 기적을 전했다.

* * *

혁기와 진주는 미국으로 갔다. 미국 메릴랜드주 볼티모어에 위치한 존스 홉킨스 병원에 도착했다.

"자기야, 진원장님의 도움과 진용 씨 덕분에 치료를 받을 수 있게 되어 감사하다."
"맞아. 진주야, 이곳까지 같이 와 줘서 고마워."
"자기는 무슨 말을 그렇게 해? 내가 자기 보호자인데 당연히 와야지. 자기는 내가 아프면 날 보살피지 않을 거예요?"

눈을 흘기면서 진주는 혁기의 볼에 뽀뽀를 했다. 그의 볼은 어느새 심하게 말라있었다. 수척해진 그의 얼굴을 보며 그녀의 마음은 아팠다.

"자기야. 볼티모어는 항구도시라서 '랍스터'가 맛있고 유명하대. 우리 랍스터 먹으러 가요."
북받쳐 오르는 슬픈 감정을 억누르고 진주는 애써 태연한 척 말했다.
"그래. 진주야. 자기도 랍스터 좋아하니까 먹으러 가자."

내일부터 새로운 신약으로 치료받을 혁기는 두려움과 기대감이 교차했다. 소세포폐암에 대해 인터넷 검색을 통해 잘 알게 되었다.

폐암 중에서도 가장 예후가 나쁘고, 진단 후 평균 1년 정도 사는 무서운 폐암. 여러 가지 폐암 중, 뇌로 전이가 가장 잘되는 암. 워낙 뇌로 전이가 잘 되어 뇌에 방사선 치료도 병행할 수도 있는 암이었다. 알면 알수록 무서운 소세포폐암이었다.

폐암 중에 선암은 예후가 좋고, 표적 치료제도 가장 많이 개발되었고 면역치료제의 효과도 좋은 암이나 혁기가 앓고 있는 소세포폐암은 너무 심각한 암이었다.

성림의 주선으로 알게 된 존스 홉킨스 병원 종양내과의 선임 교수에게 신약 치료를 받았다.

별 헤는 밤

죽음이란 끝이 아니라 무한한 어둠 속에서 반짝이는 또 하나의 작은 별이 되는 것일지도 몰랐다.

서울에서 볼 수 없는 밤하늘의 별이었다. 진주와 혁기는 강원도의 펜션에 와서 하늘을 보았다.

"자기야, 자기를 처음 만났던, 그날이 생각난다. 울 자기 그날 너무 멋있었어."
"그랬어? 지금의 내 모습이랑 너무 달랐지?"
"아니야. 자기야! 지금도 자기는 여전히 최고로 멋있어!"

진주는 야윈 혁기를 끌어안았다.

"흑흑. 자기야. 자기 왜 이렇게 말랐어."
"진주야. 내가 없어도 행복하게 잘 살아야 해."

진주는 그의 야윈 볼을 두 손으로 감싸며 혁기의 입술에 자신의 입술을 포개었다. 따뜻했다. 그의 몸은 차가워지고 있었으나 그의 입술은 아직 따뜻하고 부드러웠다. 마지막 입맞춤임을 직감한 혁기의 두 눈에서 뜨거운 눈물이 주르륵 흘러내렸다.

"여전히 예쁘다. 마지막 순간에도 자기를 보는 행운이 믿기질 않아."
"말하지 마… 제발…. 아직 끝난 거 아니야. 우린… 아직 할 게 너무 많아. 같이 가야 할 곳도 많아. 내가 아직 자길… 얼마나 사랑하는지도 다 못 보여줬는데…"
"진주야. 나는 알아. 자기는 사랑을 매일 보여줬어. 내 숨이 닿는 순간까지, 넌 나의 전부였어."
"흑흑… 자기야…. 나 없다고 무서워하지 마."

두 사람은 그들만의 시간이 다 되었음을 알고 있었다.

"자기야. 자기를 만나서 너무나 행복했어요."
"진주야. 지금까지 나를 보살펴 주어 고마워, 사랑해."

깊은 가을의 밤하늘은 서러울 정도로 찬란했다. 두 사람의 이별을 아랑곳하지 않고 자신들의 찬란함을 마음껏 불 밝히고 있는 별들은 이 세상의 사랑과 이별보다 더 뜻깊은 우주의 비밀과 위대함이 있다고 말하는 것 같았다.

혁기의 의식이 몽롱해졌다. 숨이 가쁘고 가슴이 아팠다.
"쌕쌕… 헉헉… 진주야. 나 이제 떠날 때가 된 것 같아."
"자기야. 아무 걱정 말고 편히 가요. 자기 너무 힘들지?"
"진주야. 헉헉…"
"자기야, 힘들잖아. 아무 말 말아요."
"진주야… 사… 랑… 해…"

혁기는 마지막 말을 남기고 진주의 품 안에서 숨을 거두었다.

"자기야. 날 위해 태어나, 사랑해 줘 너무 고맙고, 사랑해요. 아픔도 없고, 힘들지 않을 하늘나라에서 편히 쉬어요."

진주는 흐느껴 울었다.

밤하늘에는 혜성의 꼬리 같은 유성이 떨어지고 있었다. 세상은 조용했고 별빛은 끝없이 쏟아지고 있었다. 찬란한 별들이 검푸른 하늘 위에서 숨죽인 듯 반짝일 때, 혁기의 모습도 천천히 그 빛 속으로 스며들었다. 죽음이란 끝이 아니라 무한한 어둠 속에서 반짝이는 또 하나의 작은 별이 되는 것일지도 몰랐다.

혁기의 죽음은 성림에게 큰 아픔을 주었다.

의사로서 수많은 죽음을 목격한 그였다. 환자 한 사람, 한 사람의 생명을 자신의 생명과 같이 소중하게 생각해 온 성림이다. 아니 오히려 자신의 생명보다 더 소중히 여긴 그이다. 자신의 삶은 송두리째 고통 속에 던져져도, 타인의 아픔과 고통에 몸서리치듯이 괴로워했다.

성림에게 혁기의 죽음은 또 다른 의미의 아픔이었다. 성림은 떠나간 혁기와 홀로 남은 진주를 위해 추모의 시와 위로의 시를 적어 진료실에 걸어두었다.

숨이 멈춘 자리, 너는 여전히 따뜻했다

혁기 씨를 추모하며

혁기 씨!
당신은, 떠나는 순간까지
누군가의 숨이 되기를 바랐지.
그토록 아프면서도
진주의 눈물만 먼저 닦던 당신이었으니.

당신의 폐가
당신을 배신하던 그날에도
당신은 내게 말했지.
내가 사라져도 진주는… 웃게 해 달라고.

우리는 알고 있었어.
시간이 많지 않다는 걸.
하지만 당신을 보낼 준비 같은 건
단 하루도
할 수 없었지.

진료실 창 너머로 스며들던 햇빛조차
이젠 너무 따뜻해서
미안해지고 말아.

당신의 마지막 숨결이 머문 그 자리에
우리는 오늘도 서 있어.
그 숨은 사라졌지만
그 사랑은
우리의 숨결에 남아있어.

사랑을 잃은 자리에서, 진주 씨에게

진주 씨를 위한 위로의 시

진주 씨,
당신이 사랑했던 사람은
숨이 아픈 세상 속에서도
누군가를 숨 쉬게 하던 사람이었어요.

그를 치료하던 내 손끝이
떨린 적도 많았어요.
하지만 그는 늘 말했어요.
진주 씨의 행복을 기도했어요.
이제 당신만이 남았습니다.

숨결이 그리운 계절마다
그의 이름을 부르겠죠.
괜찮아요.
사랑은 사라지는 게 아니라
당신의 마음속에 영원히 남아있을 겁니다.

진주 씨, 숨이 차고, 마음이 무너질 땐
기억하세요.
당신 곁에는
숨을 지키며 당신을 응원하는 사람들이 있다는 걸.

언젠가
그의 마지막 속삭임이
당신의 꿈속에서 들려올 거예요.

혁기 씨가 남긴 숨결은
바람이 아니라
당신 안에 남아
영원히 살아 있을 겁니다.

그는 떠났지만
당신의 눈물 속에서
당신의 가슴 안에서
당신의 기억 끝에서
언제나 숨 쉬고 있을 거예요.

진주와 혁기의 아름다운 사랑을 생각하면 더 큰 슬픔이 밀려왔다. 시간이 흘러가면 아무렇지도 않을 스쳐 지나간 기억이 될 추억이 아니었다. 혜인과 크리스 존. 세정과 용진도 혁기의 죽음을 추모했다.

떠나간 혁기의 그림자를 아쉬워하고 애통했다. 홀로 남은 진주를 염려하고 위로했다. 성림의 마음은 한없이 젖어가는 슬픈 마음이었으나 그는 슬픈 시간을 가질 여유도, 애통해할 시간도 없었다.

매일 그를 찾아오는 환자를 보면서 떠나간 혁기 같은 사연을 가진 사람들을 한 사람이라도 더 살리기 위해 고군분투했다. 한 사람의 고통이라도 덜어 주기 위해 그는 오늘도 마음 애타며 노력했다. 한 사람의 외로움과 마음을 지키기 위해 싸웠다. 작은 몸짓의 아픔까지도 놓치지 않기 위해 헌신했다.

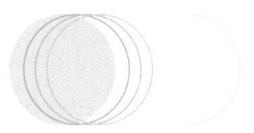

애잔한 그녀

시작이 없는 끝은 없다.

눈을 뜨기 위해서는 눈을 감아야 하고, 숨을 들이쉬기 위해서는 숨을 내쉬어야 한다.

"원장님! 제 남편이 아프대요."
"네? 어떻게 불편하대요?"
"숨이 차고 가슴이 답답하고 기침이 나온다고 해요."
"언제부터 그랬대요?"
"3개월 넘은 것 같아요. 동네 가까운 병원 가서 검사하고 약을 2달 이상 먹었는데 좋아지지 않아요."
"내일 금식하고 오시라고 해요."

미영은 고운숨결내과에서 가장 오래 근무한 직원이다. 20년을 넘게 성림과 함께한 직원이다.

10년이면 강산이 변하는 세월이다. 20년이면 강산이 두 번 변한 세월이다. 봄, 여름, 가을, 겨울 사계절을 스무 번 이상 함께해 온 직원이었다.

미영은 고운숨결내과에서 가장 친절한 직원 중의 한 명이기도 하며 주인의식이 투철한 사람이다. 그녀는 너무나 따뜻한 마음을 갖고 있으며 성품이 잔잔하고 애잔하다.

사람의 성품을 표현할 때 '애잔하다'라는 말은 잘 사용하지 않는다. '애잔하다'라는 뜻은 보이는 모습이 매우 가냘프고, 약하다는 뜻이다.

애처롭고 애틋하다는 뜻으로 사용되기도 한다. 그녀는 환자의 아픔을 애처롭게 생각했다. 환자의 고통을 자신의 아픔처럼 생각했다.

미영의 남편이 진료실로 들어왔다. 성림은 진료실로 들어오는 환자의 모습을 한 번에 본다. 의사가 환자를 볼 때 가장 처음 하는 진료 행위가 보는 것이다.

이것을 의학용어로 시진(視診)이라고 한다. 최근의 의료는 각종 첨단 장비를 이용해서 진단을 하므로 눈으로 보고, 귀로 듣는 행위의 중요성이 잊혀가고 있다. 그러나 의료장비를 이용한 검사 전에 의사가 행하는 시진과 청진같은 이학적 검사는 매우 중요하다.

미영의 남편은 겉으로 보기에도 숨 쉬는 것의 문제가 있는 사람처럼 보였다.

"안녕하세요? 지금, 가장 불편한 증상이 뭔가요?"
"숨이 찹니다."
"숨소리를 들어볼까요?"

숨소리는 단순히 불편한 소리가 아니었다.

"기관지의 단순 염증은 아닙니다. 정밀 검사를 받아 보시는 것이 좋을 것 같습니다."

저선량 흉부 CT촬영 결과, 양측 폐에 하얀 눈 꽃송이 같은 음영이 있었다.

흉부 CT는 영상학적 검사이다. 쉽게 표현하면 그림자를 보는 것이다. 흉부 CT촬영은 단순 X-선 사진보다 더 정확한 영상을 얻을 수 있으나, 병을 확진하지는 못한다.

미영의 남편도 그랬다. 정확한 원인을 찾기 위해서, 기관지 내시경 검사를 받아야 했다. 기관지 내시경 검사는 각종 호흡기 질환을 확진하는 데 가장 강력하고 유용하고 필요한 검사이다. 기관지 내시경 검사는 매우 정확한 검사이나 시술자의 실력이 뛰어나야 하고, 오랜 수련 기간이 필요하다.

"양쪽의 기관지 밑 부위, 우윳빛 액체 소견!"
"허파꽈리 세척 준비!"

기관지 내부에 우윳빛 액체가 가득 차 있는 것은 이 희귀한 질환의 특징적 소견이다. 기관지 내시경 검사를 한 후 환자는 완치되었다. 검사한 것인데 어떻게 병이 완치되었을까?

이 특이하고 희귀한 질환명은 '폐포단백질증(pulmonary alveolar proteinosis)'이다.

폐포단백질증은 허파꽈리 안에 폐 표면활성제에서 유래하는 인지질이 비정상적으로 침착되는 희귀질환이다. 정상적인 폐 표면활성제는 허파꽈리의 표면에서 얇은 막을 형성하여 허파꽈리가 찌부러지지 않게 유지한다.

이러한 정상적인 기능에 문제가 생기면 폐포단백질증이 되는 것이다. 치료하지 않을 경우, 세균이나 바이러스, 곰팡이에 감염되어 죽을 수도 있다. 치료 시기를 놓치면, 폐 이식만이 답이 될 수도 있다. 이 질환의 진단과 치료에서 가장 중요하고 필수적인 검사와 치료가 기관지 내시경이다.

정확한 진단과 치료를 위해서 반드시 기관지 내시경 검사를 받아야 한다. 해도 되고 안 해도 되는 그런 검사가 아니다. 대체 가능한 수단이 있는 검사가 아니다.

미영의 남편은 완치되었다. 환자는 원한다. 특별하거나 비싼 검사 없이 진단되고 치료를 받기 원한다. 의사의 마음도 같다.

그러나 인간은 그렇게 간단한 존재가 아니다.

사람의 얼굴만 보고 많은 질환 중의 어떤 질환인지 정확하게 알고 치료할 수 있다면 인간은 죽지 않는 영원한 존재가 될 수 있을지도 모른다. 신은 우리가 영원불멸한 존재가 되기를 허락하지 않았다. 인간의 삶은 유한하다. 시작이 있으면, 끝이 있다.

시작이 없는 끝은 없다.

눈을 뜨기 위해서는 눈을 감아야 하고, 숨을 들이쉬기 위해서는 숨을 내쉬어야 한다.

아픔과 고통, 질환은 인간이 원하지 않아도 존재한다. 인간이 다른 동물과 다른 것은 이러한 한계를 알고 예상하고 준비하며 '마지막 순간'을 받아들이는 능력이다.

어떤 사람은 자신의 마지막을 전혀 예상하지 못한 채 이 세상의 삶을 마감하기도 한다. 뜻밖의 사고나 사건, 응급 질환의 발생으로 그렇게 될 수 있다.

재회의 기쁨

고요한 바다 위, 떠 있는 달의 적막함 속에서 마치 혼자 밤바다 미지의 세계 위에서 돛단배를 젓고 있는 사람 같았다.

고운숨결내과의 점심시간은 한바탕 전쟁을 치르고 난 후의 폐허와 같은 적막감이 흘렀다.

오전 7시부터 오후 12시까지는 눈코 뜰 새 없이 바빴다. 총성 없는 전쟁터가 아니었다. 대포와 미사일이 난무하는 실제 전쟁터의 모습을 방불하게 했다.

접수 데스크에서부터 난장판이었다. 서로 빨리 봐달라고 난리 북새통이었다. 많은 환자가 중환이었다. 5시간의 사투와 같은 진료를 마치면 병원의 직원들은 지쳐갔다.

직원이 이러할진대, 성림의 상태는 말할 필요조차 없었다. 그는 오전 진료가 끝나면, 진료실 바로 옆에 작은 휴식 방에 쓰러져 누웠다. 점심을 먹을 힘도 없었다.

몸이 부서지는 것 같고 혼이 나간 것 같으며 두 눈은 쓰라리고 아파서 눈을 감고 있어야 했다. 직원들은 성림의 상태를 너무나 잘 알고 있으나 환자들은 알 수가 없었다. 환자들은 예약하고도 오래 기다려야 하는 현실이 불만이었고, 점심시간이 왜 한 시간 이상인지 의아하게 생각했다.

현대의 전쟁은 오래 하지 않는다. 제2차 세계대전도 5년의 세월 안에 끝났다. 6.25 전쟁도 3년이었다. 그러나 고운숨결 내과에서는 20년 이상 치열한 전쟁 같은 상황이 지속되고 있었다.

그에게 점심시간은 식사를 하는 시간이 아니었다. 잠시 충혈된 눈을 식히고 아스러진 정신과 몸을 잠시 챙기는 시간이었다. 다시 오후의 전쟁을 치르기 위해서였다. 점심시간에 올 수 있는 응급 환자를 진료하기 위해 항상 직원이 당직을 섰다.

"원장님! 호흡곤란 환자가 왔어요!"

눈을 감고 누워있던 성림은 용수철처럼 자동으로 일어났다.

대기실로 뛰어나갔다.

점심시간에도 오후 진료를 기다리는 환자들이 대기실에 가득했다. 젊은 남자가 숨을 헐떡이고 가슴을 쥐어 잡고 있었다.

성림의 직관력은 매우 뛰어났다.

숱한 응급 환자를 보고 살린 그였다. 어떤 응급 환자는 검사할 시간도 없는 경우도 있었다. 1분을 지체하면 죽을 수 있는 환자도 있었다. 아무리 빨리 검사를 해도 5분 이상 걸릴 수 있었다.

"즉시 응급 기관지 내시경 준비!"
"산소 준비!"
"중심 정맥 관 삽입 준비!"

기관지 내시경 검사는 영상학적 사진을 확인하고 시행하는 것이 원칙이다.
그러나 이 환자는 영상학적 검사를 하고 사진을 확인할 시간이 없었다.

절체절명(絶體絶命)의 순간이었다.

"환자의 활력증후는?"

"혈압 90/60mmHg, 심박동수 130회/분, 산소포화도 84%, 체온 38°C입니다."

"미다졸람 주사, 5cc 주입!"
"프로포폴 주사 3cc 주입!"
"솔루코테프 100mg 주입!"
"트리악손 1g 주입!"
"도파민 주입!"

성림의 말은 매우 또렷하고 명료하고 힘이 있었다. 일말의 주저함도 없었다. 그는 한 사람의 생명을 두고 전쟁을 치렀다.

고요한 바다 위, 떠 있는 달의 적막함 속에서 마치 혼자 밤바다 미지의 세계 위에서 돛단배를 젓고 있는 사람 같았다.

환자의 활력징후가 안정 상태인 것을 확인 후, 즉시 기관지 내시경 검사를 시행했다.

"대기도(trachea) 정상!"
"우측 주기관지 다량의 가래!"
"기관지 세척!!"
"우측 아래 기관지 심한 점막 부종!"
"좌측 위 기관지 다량의 출혈 소견!"

"에피네프린과 식염수 준비."

"슛!"

직원들 6명이 곁에서 도와주었다. 위내시경 검사나 대장 내시경 검사를 할 때는 직원 2명이면 충분했다. 그러나 기관지 내시경 검사는 위나 대장 내시경 검사와 차원이 다른 검사였다.

자전거를 타는 것과 우주선을 조종하는 것만큼의 차이가 있다. 이러한 차이를 환자들은 잘 모른다. 오히려 의사들이 잘 안다.

우리나라는 전 국민 의료보험제도이고 모든 의사는 의료보험 환자를 반드시 진료해야 하는 법이 있다. 검사하는 시술마다 그 어려움의 정도에 따라서 국가에서 행위별로 점수를 매겨 놓았다. 이 제도가 행위별 수가 제도이다.

위 내시경 검사의 수가 점수를 100점이라고 책정했다면 대장 내시경 검사의 수가 점수는 200점이다.

기관지 내시경 검사는 300점이 넘는다. 100점, 200점 차이가 얼마 안 된다고 생각할 수 있다.

그러나 국가에서 책정한 이 점수는 소수점 단위로 나뉜다. 0.1점의 차이가 큰 것이다. 기관지 내시경 검사는 의사가 신의 손을 가지고 있다고 해도 의사 혼자서 할 수 없다. 반드시 옆에서 도와주는 조력자가 필요하다.

이 환자는 고운숨결내과 직원과 성림의 각고의 노력 끝에 살았다. 환자가 의식을 회복한 후 보호자인 누나가 왔다.

"원장님! 감사합니다. 제 동생을 살려 주신 은혜 간직하겠습니다."
"아닙니다. 동생분의 기초 체력이 튼튼해서 살 수 있었습니다. 아! 그런데 혹시 수도 대학교 성악과 졸업하신 권시우 씨 아니세요?"
"어머! 네! 선생님! 맞아요! 근데 저를 아세요?"
"네! 이성욱이라고 아시죠?"
"네! 선생님!"
"하하! 여기서 시우 씨를 뵙네요! 사진으로 많이 봤습니다!"
"네? 사진으로요?"

시우는 성욱의 첫사랑이었다.

"네! 그놈이 제 친한 후배예요!"
"앗! 정말요?"
"네! 시우 씨 자랑을 하도 많이 해서 기억하고 있습니다. 사진보다 훨씬 미인이세요!"

"아니에요! 선생님. 성욱 씨는 잘 지내고 있나요?"

"네! 성욱은 지금 수도 민족의대 병원 응급의학과 교수가 되어 잘 지내고 있습니다. 그놈은 아직, 혼자 삽니다. 술에 취하면 늘 시우 씨 이야기를 했어요!"

"제 흉을 자주 봤나 봐요."

"맞습니다. 완벽한 이상형이었는데 집에만 가면 전화 통화가 안 된다고 했어요! 전화 통화 문제로 여러 번 헤어지고 만나고 하다가 시우 씨가 사라졌다고!"

사람들은 우연한 일이어도 의미가 있다고 느낄 때 '운명적'이라는 말을 많이 한다.

그런데 참으로 신기하다.

"운명의 여신"이라고 말을 해도 "운명의 남신"이라는 말은 하지 않는다.

왜일까? 왜 운명의 여신이라고 말하나 운명의 남신이라고 말하지 않는 것일까?

운명의 여신은 다양한 신화에서 운명과 필연성을 강조하는 상징적인 존재다. 주요 운명의 여신으로 그리스 신화의 모이라이(Moirai)와 아난케(Anake), 로마 신화의 포르투나(Forutuna) 등이 있다.

이들이 정하는 운명은 절대적이어서 제우스조차 이들이 정한 죽음은 바꾸지 못하며 신들조차 모이라이가 정한 운명은 거스를 수가 없었다. 사람들이 운명의 여신이라고 표현함은 미적인 의미가 들어가 있다고 생각한다. 아름다움이란 관점에서 운명을 결정하는 성(性) 또한 여성이라고 표현하는 것일 수 있다.

시우와 성욱은 12년 만에 재회했다.

"시우야, 그동안 잘 지냈어?"
"응, 자기도 잘 지냈지?"
"나는 자기를 늘 생각하고 지냈지!"
"그동안 어디 있었어? 내가 여러 번 찾았는데!"
"이탈리아로 음악 공부하러 갔었어."
"응! 그랬구나! 지금도 여전히 예쁘다."
"자기도 예전과 그대로다!"
"성림 형이 자기를 찾았다고 할 때, 장난인 줄 알았어."
"진 원장님이 내 동생을 살려주셨어!"
"이야기 들었어. 자기 동생이 형 병원으로 간 건 천운이야. 형이 아니었음 큰일 날 뻔했어."

성욱은 12년 만에 만난 시우가 너무 반갑고 기뻤다. 곁에 있을 때보다 없을 때 소중함을 더 느끼는 것은 인간의 본성이다.

인간이 의식하지 않고 숨을 쉬며 살 수 있는 것은 대기 중의 산소 때문이다. 하지만 그 누구도 지구의 산소에 감사하며 소중함을 느끼고 살지 않는다.

인간은 언제나 아쉬움 가득한 삶을 살아간다. 뒤돌아보면 후회할 일이 너무 많고, 시간을 되돌릴 수 있다면 다른 선택을 생각한다.

성욱도 같은 생각을 했다. 시우와 전화 통화가 안 될 때 느낀 의심과 서운함은 자신의 마음 어느 모퉁이에서도 찾을 수 없었다. 시간이 흐른 후, 시우의 존재가 더 크게 다가왔고 시우 같은 여인을 만날 수 없었다. 시우를 만날 수 없다고 느꼈을 때 이렇게 시우와 마주한 인연이 너무 소중하다고 생각했다.

두 사람은 다시 만난 후 서로 더 이해하고 사랑했다. 소중한 사람을 다시 잃고 싶지 않겠다는 결심은 그들을 결혼으로 이끌었다. 12년 만의 재회는 그들의 앞날을 밝혀주는 축복이 되었다.

"성욱아! 결혼 축하한다! 시우 씨! 정말 축하드립니다!"
"형! 고마워! 형이 시우 동생을 살려줘서 우리가 다시 만날 수 있었어."
"진 원장님! 너무 감사해요. 동생도 살려주시고, 이렇게 성욱

씨를 다시 만나 행복한 날이 왔어요."

"시우 씨! 이 남자, 정말 좋은 남자예요. 성욱아. 이제 제수씨랑 전화 연결 안 될 일 없으니 만수무강 행복해라."

하늘은 맑고 부드러운 햇살이 예식장을 감싸안았다. 바람은 살짝 분홍빛 꽃잎을 일으켜 시우의 드레스를 어루만졌고, 들리는 건 조용한 숨결과 서로를 바라보는 두 눈의 떨림뿐이었다.

시우는 하얀 베일 너머로 세상의 전부처럼 눈부신 성욱을 바라보았다. 성욱은 말없이 시우에게 손을 내밀었다.

그 손은 수천 번의 약속처럼 믿음직했고, 영원이라는 말이 두 사람의 손끝에 내려앉았다.

하객들의 박수는 천천히 퍼지는 노을빛처럼 잔잔했고, 세상은 그 순간 그들 둘만을 위해 멈춘 듯했다.

성림은 아름다운 결혼을 축하하며 두 사람의 행복을 위해 사랑의 시를 선물했다.

사랑의 서약

성욱과 시우의 결혼을 축하하며

햇살은 오늘을 위해
가장 고운 빛으로 내려오고
하늘은 두 사람의 이름을
구름 위에 부드럽게 써 내려간다.

그녀는 눈부신 드레스를 입고
그는 조심스레 마음을 벗는다.
두 눈이 마주치는 그 순간,
시간은 숨을 멈추고

입술 대신 눈빛으로 건넨 말이
하늘에 닿아
종소리처럼 울려 퍼진다.

오늘,
두 영혼이 하나의 숨결로 묶인다.

사랑은 약속이 되고
약속은 운명이 된다.

제 3 부

어느 의사의
숨결과 사랑

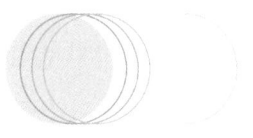

숨결의 가장 뜨거운 끝에서

사랑이라는 이름의 폭풍이 지나간 자리엔 아무 말 없이 맞잡은 손 하나만이 남아 있었다. 달빛은 그들의 침대로 내려와, 고요한 축복처럼 머물렀다.

방 안의 불빛은 꺼져 있었지만, 어둠은 결코 그들을 가릴 수 없었다.

창문 너머로 흘러든 달빛이 커튼 사이로 스며들었다. 하얀 시트 위, 서로의 체온을 느끼는 두 사람의 숨소리가 조용하지만 강렬하게 얽혀들었다.

숨결만으로 서로를 찾고, 떨림만으로 서로를 느낄 수 있는 깊은 밤이었다.

진주의 얼굴을 바라보며 손끝이 그녀의 부드러운 턱선을 따라 천천히 미끄러졌다. 그녀의 피부는 고요한 호수처럼 매끄럽고 따뜻했으며, 그녀는 이미 그의 손길에 숨죽인 채로 떨리고 있었다. 진주의 긴 머리카락이 성림의 가슴에 흘러내릴 때, 그는 마치 아주 오래, 기다려 온 순간처럼 그녀를 바라보았다.

"네가 나의 숨결 끝에서 기다리는 사람이기를 기다렸어."

그의 목소리는 낮고 힘이 있었으며, 진주에 대한 갈망으로 젖어 있었다. 진주는 대답 대신 그의 입술을 부드럽게 물었다.

욕망을 한가득 머금은 연인의 입맞춤 사이로 그녀의 혀가 조심스럽게 얽히자, 성림의 온몸이 타오르듯 뜨거워졌다.

그의 손이 진주의 허리선을 따라 올라가 그녀의 등을 감쌌다. 그는 천천히 그녀의 귓가에 입을 맞췄다. 숨이 닿는 그곳마다 불이 붙은 듯, 사랑이 살결 위로 번져나갔다.

그들의 키스는 단순한 입맞춤이 아니었다. 약속이었고, 그리움이었다. 서로의 삶을 완전히 껴안으려는 깊은 결심이었다.

그녀는 그 안에서 귀여운 고양이처럼 몸을 말며, 그의 숨결에 귀를 기울였다. 귓가에 닿는 그의 낮은 숨소리는 마치 짙은 밤의 파도처럼 그녀를 휘감았다.

그녀의 손이 성림의 가슴을 더듬었고 그의 몸이 반응하는 작은 떨림에 진주는 미소 지었다. 서로의 옷이 하나씩 벗겨질 때마다, 그들의 숨은 점점 더 짧고 깊어졌다.

조심스럽고도 부드러운 손길, 따뜻하면서도 단단한 그의 손끝이 마치 연주하듯 그녀를 쓰다듬었다.

서로의 몸이 포개졌을 때, 성림은 그녀를 껴안은 채 느리고 깊은 움직임으로 그녀의 안으로 들어갔다.

"성림 씨…"

그 순간, 두 사람은 단지 몸이 아니라, 숨결과 감정과 기억까지도 하나가 되었다. 부드러운 살결, 입술로 나눈 속삭임….
절제할 수 없는 갈망이 은하수의 별빛처럼 입술을 삼켰다.

지독히 타오르던 그 밤…

그 밤의 끝에서, 성림과 진주는 서로의 심장 안에서 절정을 맞이했다. 그의 몸짓은 부드러우면서 거칠었고 그녀의 반응은 떨렸지만 분명했다. 가슴을 쓸며 내려가는 그의 손길, 허벅지를 타고 올라오는 그녀의 뜨거운 입술.

그들은 오래도록 서로를 갈망해 온 것보다 더한 짙은 향기로 서로의 몸에 흔적을 뿌리고 있었다.

두 사람의 숨소리는 더 가빠지고 방 안을 가득 채운 소리는 다시는 돌아갈 수 없는 사랑의 끝에 도달해 있었다.

그 후에 찾아온 고요는 마치 조용한 호수와 같았다. 사랑이라는 이름의 폭풍이 지나간 자리엔 아무 말 없이 맞잡은 손 하나만이 남아 있었다. 달빛은 그들의 침대로 내려와, 고요한 축복처럼 머물렀다.

성림은 그녀와의 뜨거운 사랑을 기억하며 한 편의 시를 마음에 적었다. 오늘의 느낌을 영원히 간직하고 기억하고 싶었다. 마음에 써 내려간 한 편의 시는 세상의 모든 연인들이 원하는 한 폭의 수채화 같았다.

상상 속의 희미함이 아니었다, 바로 손끝에서 전해져 오는 느낌과 가까운 거리에서 들리는 듯 숨소리는 첫사랑보다 더 설레는 떨림을 주었다. 잔잔한 떨림과 함께 찾아오는 격렬한 젊은 신음은 인간의 사랑이 더 없이 아름다운 것임을 말하고 있었다.

숨결 위에 뜨는 사랑

어둠은 조용히 내려
너와 나 사이, 말을 지웠다.
창밖의 달빛만이
우리의 손끝을 적셨다.

나는 너의 눈을 들여다봤고,
너는 나의 숨을 들이마셨다.

옷깃은 소리 없이 풀렸고
살결은 너를 기억하려 떨었다.
그 어떤 소리보다
선명한 너의 체온.

너의 목에 내 입술이 머물고
나의 가슴에 너의 손이 닿을 때
그 떨림은 기도 같았고
그 침묵은 고백 같았다.

너와 나의 숨이 포개질 때
세상의 모든 시간이
멈춘 듯했다.

숨을 고를 새도 없이
나는 너에게 녹아 내렸다.

네가 내게 닿을 때마다,

나는 너의 별이 되었다.

고요한 숨 사이로
우리는 온전히 하나가 되었다.

구름 위를 날다

그가 지치고 포기하고 싶을 때 곁에서 용기를 주고
응원과 사랑을 준 사람이 바로 진주다.

"자기야! 드디어 미국식품의약국(FDA: Food and Drug Administration)에서 기관지 냉열 성형술(Broncho-cold-thermo-plasty)이 천식치료의 신(新)의료기술로 허가 났어!"
"와! 여보! 너무 축하해요! 자기가 그렇게 애쓰고 노력하더니 기적이 이루어졌어요!"
"이 모든 영광은 울 자기가 응원해 주고 함께해 준 덕분이야. 자기야, 한 달 후 미국 콜로라도 덴버에서 열리는 세계 호흡기 학회에서 '기관지 냉열 성형술'에 대하여 주요 연자로 초청되었어. 같이 갈 수 있지?"
"당연하지! 여보! 내가 같이 가야지요!"

성림은 자신이 세계 최초로 개발한 치료기구인 기관지 냉열 성형술이 국제적으로 인정된 것에 대하여 흥분했다. 기관지 냉열 성형술은 약물이나 주사제로 치료가 어려운 난치성 기관지 천식 환자를 치료할 수 있는 획기적인 의료 신기술이다.

2020년, 성림이 세계 최초로 개발하여 중증의 난치성 천식 환자의 치료를 시작한 후 4년 만에 미국 식품 의약국에서 그 안전성과 효능을 인정한 것이다. 그가 평생을 바쳐 노력해 온 결실의 순간이었다.

그가 개발한 기관지 냉열 성형술은 세계적 권위를 자랑하는 'Fisher' 호흡기내과 교과서에 특수 치료로 등재되었고 천식의 치료 지침 안내서에 약물이나 주사 치료에도 반응이 없는 중증 지속성 천식 환자의 치료 방법으로 공식 등록되었다.

대한민국의 호흡기내과 의사가 전 세계의 중증 천식 환자의 치료에 새로운 장을 연 것이다.

성림은 고등학교 때 첫사랑인 유미가 기관지 천식의 급성 발작으로 세상을 떠난 그 이후부터 한시도 마음 편히 지낼 수 없었다. 의사가 된 후, 호흡기내과 전문의가 된 것도 유미의 죽음과 무관하지 않았다.

기관지 천식은 만성적인 염증반응으로 기관지 내부의 평활 근육 부종과 수축 현상이 반복되어 호흡곤란과 기침, 쌕쌕 소리가 나는 천명음이 들리는 질환이다.

기원전부터 인간을 괴롭혀 온 질환이며 천식의 영어인 'Asthma'의 어원은 라틴어로 '날카로운 호흡'이라는 뜻이다.

1980년대까지 천식의 정확한 원인을 몰라서, 불치의 병으로 불렸던 질환이다. 1990년대 초에 천식의 원인이 기관지 점막의 만성적인 염증반응으로 밝혀져서 많은 치료제가 개발되었으나 치료제에 반응하지 않는 난치성 천식 환자는 계속 늘어나는 상황이었다.

생물학적 주사제가 많이 개발되어 난치성 천식 환자의 치료에 사용되었으나 생물학 주사제에 반응하는 환자들은 '인터루킨'이라는 항체의 반응으로 인한 천식의 경우에만 효과가 있었다.

흡입 치료제나 주사제 치료, 먹는 약에 반응하지 않는 난치성 천식 환자는 언제 폭발할지 모르는 시한폭탄을 가슴에 안고서 살아가는 불안을 겪어야만 했다. 성림은 이러한 환자들을 치료할 수 있는 치료기구를 세계 최초로 개발한 것이었다.

기관지 내시경 검사를 통해서 고주파와 저주파를 환자의 기관지 점막에 레이저로 쏘아서 두꺼워진 기관지의 평활 근육을 얇게 줄여주어 천식 환자의 호흡곤란을 해결해 주는 방법을 개발한 것이다.

성림 개인의 영광이기도 했으나 대한민국 K-의료의 위상을 높이는 결과이고 무엇보다 중증, 난치성 천식 환자에게 새로운 삶을 줄 수 있는 기적 같은 일이었다.

성림의 곁에는 늘 진주가 함께했다.

호흡기 중증 환자를 치료하는 일은 보통의 의사들이 겪는 일과 다르다. 하루의 삶이 전쟁이고 매 순간이 긴장의 연속이다.

그가 지치고 포기하고 싶을 때 곁에서 용기를 주고 응원과 사랑을 준 사람이 바로 진주다. 진주 자신이 아프고 힘들 때도 언제나 밝은 미소와 웃음을 지으며 성림의 손을 잡아 준 사람이다. 두 사람의 앞날에는 신의 축복과 은총이 함께할 것 같았다.

2024년 10월의 어느 청명한 날,
성림과 진주는 미국으로 향한 비행기에 탑승했다.

"자기야! 혜인과 세정이, 시우가 축하 카드를 써주었네. 우리

둘이 덴버에서 입으라고 선물해 준 셔츠 안에 있어."
"응, 여보? 뭐라고 쓰여 있어요?"
"혜인이가 나를 사랑한대."
"치! 뭐라고요? 진짜? 나도 볼래! 카드 줘 봐요."
"안 돼! 카드 보면 자기 상처받아!"
"싫어요! 빨리 줘요!"

성림과 진주는 구름 위를 날고 있었다. 몸만 구름 위로 날고 있는 것이 아니었다. 두 사람의 마음도 실제로 구름 위를 날고 있는 상태였다.

미국인들은 이러한 상황을 'I am walking on cloud 9'의 관용어로 표현한다. 우리나라 말도 '구름 위를 나는 것 같다'라고 표현하듯이 영어권 사람들도 구름 위를 걷고 있다는 말로 표현한다.

9이라는 숫자의 유래는 국제 구름 도감에서 구름의 형태를 10가지로 규정하는데 그중 9번째 구름이 '적란운'인 것에서 유래됐다. '적란운'은 3만 피트에서 4만 피트 높이 상공까지 뜨는, 구름 중 가장 높은 곳까지 떠 있는 구름이며, 가장 높은 곳에 떠 있는 것을 가장 행복한 상태라고 빗대어 표현하게 된 것이다.

어둠의 그림자

폐에 갑자기 물이 차고 폐정맥과 모세혈관에서 폐의 간질 조직과 허파꽈리 안으로 체액이 빠져나가게 된다.

덴버 공항에 도착하기 1시간여 전부터 갑자기 번개와 천둥이 쳤다. 비행기가 크게 흔들렸고, 기내방송은 안전벨트를 하라는 방송이 나왔다.

"자기야, 갑자기 번개가 심하게 치는데."
"응, 여보! 걱정하지 말아요, 금방 지나가요."

진주의 말이 끝나자마자 '꽝!' 하는 굉음 소리와 함께 비행기가 요동쳤다. 요동치는 순간부터 수직 낙하했다. 기내 산소마스크가 떨어지고 비상 기내방송이 나왔다.

승무원들은 승객들에게 비상착륙에 대비한 자세를 소리쳤다.

"Brace For Impact!"
"충돌에 대비!"
"Head Down!"
"머리를 숙여!"

비행기는 이미 수평 자세를 잃었다. 좌우로 크게 요동치며 떨어지기 시작했다. 덴버공항 도착하기 전, 로키산맥의 남쪽에 있는 최고봉인 '앨버트산' 기슭으로 추락하기 시작했다. 비행기 안은 아수라장이었다. 비명과 울부짖는 소리, 기도하는 소리, 애원하는 소리가 뒤섞여 있었다. 승객들의 얼굴에는 죽음에 대한 공포의 그림자가 덮고 있었다. 승무원들의 눈빛도 불안함이 가득했다.

"진주야, 벨트를 단단히 메고, 이 옷 자기가 입고 있어."
"여보, 비행기가 제어 능력을 상실한 것 같아. 우린 곧 추락할 거야, 어떡하지?"
"괜찮을 거야. 진주야! 어떤 일이 있어도 자길 지킬 거야. 걱정하지 마."

비행기는 기수가 거의 45도 각도보다 더 가파른 속도로 하강하기 시작했다.

"곧 로키산맥에 비상 착륙합니다."

기장의 안내 방송이 끝나자마자 '꽝!' 하는 소리와 함께 로키산맥에서 가장 높은 앨버트산과 충돌했다. 난기류를 만나 실속한 비행기가 해발 4천 미터가 넘는 산에 충돌한 것이다.

난기류를 만나 추락하는 비행기에서 살아남을 생존율은 매우 희박했다. 더구나 추락한 지점이 해발 4천 미터가 넘는 고산 지역인 경우, 생존했다 하더라도 빨리 구조대가 오지 않는다면 고산병과 저체온으로 사망할 확률이 높았다.
전문 산악인들이 간혹 무산소로 해발 8천 미터의 세계 최고의 봉우리들을 등반하는 소식을 듣기도 하지만 비행기 사고의 경우와 비교할 수 없다.

전문 산악인들은 반복된 훈련과 해발 1,500미터 높이에서부터 서서히 고산병의 발생에 대해 준비를 하며 천천히 높은 고도를 향해 올라가는 것이고 옷도 방한복과 방한모, 고글 등의 철저한 준비를 하고 등반하는 것이다.

10월의 날씨에 승객들의 옷차림은 초가을 날씨에 맞는 옷을 입고 있다. 해발 4천 미터의 영하 날씨에 노출되자마자 피부는 동상을 입고, 심장의 맥박은 평소보다 2배 이상 빨라질 것이다.

가장 문제가 되는 것은 호흡기이다. 보통 해발 100미터 상승할 때 대기 온도는 0.5°C 낮아진다. 해발 4천 미터의 높이라면 대기 온도는 영하 20°C 이하가 된다. 더구나 산악 지역의 최고봉 산의 주변에는 바람이 매우 심하게 불기 때문에 실제 체감 온도는 영하 30°C 이하일 것이다.

영상 20°C의 공기를 흡입하던 폐에 갑자기 영하 30°C의 공기가 들어오면 인간의 폐는 정상적인 호흡 활동을 할 수가 없다.

폐에 갑자기 물이 차고 폐정맥과 모세혈관에서 폐의 간질 조직과 허파꽈리 안으로 체액이 빠져나가게 된다. 허파꽈리와 기도는 손상을 입고, 정상적인 산소와 이산화탄소의 교환 작용이 안 된다.

산소의 공급이 줄어드는 저산소증에 빠지게 된다. 저산소증은 인간의 뇌와 폐, 심장에 다시 나쁜 영향을 주어 사망하게 된다.

비행기 추락 후 여기저기서 비명과 신음이 들렸다. 충돌 당시 비행기 앞부분이 먼저 숲에 닿았기 때문에 동체의 앞 1/3은 형체를 알아볼 수 없을 정도로 파괴되었다.

생존자가 있을 가능성은 거의 없었다. 충돌 당시 비행기의 앞부분이 충돌한 후 기체는 용수철처럼 다시 솟구쳤다가 떨어질 때 꼬리 날개부터 떨어졌다.

동체의 후반 1/3도 완전히 파괴되고 화재까지 발생하여 생존자가 없었다. 생존자는 비행기 날개 위 비상구 좌석 좌측, 우측 자리에 앉은 승객, 네 명뿐이었다.

삶과 죽음

앨버트산맥 한가운데 고립된 생존자들의 삶은 천천히 지워져 가고 있는 듯했다.

"진주야! 괜찮아? 진주야!"
성림은 진주의 뺨을 어루만지며 애타게 소리쳤다.
"으음… 자기야…. 어떻게 된 거야? 자기는 괜찮아요?"
"자기야! 빨리 이곳을 벗어나야 해. 비행기가 2차 폭발을 일으킬지 몰라. 걸을 수 있겠어? 진주야?"
"응…. 여보, 걸을 수 있어요…. 다른 사람들은요? 승무원들은요?"

진주는 이런 사람이다. 구사일생으로 자신은 지금 살아 있지만, 승무원들과 다른 승객들은 안전한 건지? 살아 있는지? 다치지는 않았는지? 이런 걱정을 하는 사람이었다.

사람은 극한 상황에 처하게 되면 누구나 자신을 먼저 생각하고 자신을 챙긴다. 이것이 인간의 본 모습이다. 이러한 성향은 인간이 경험하고 배워서 그런 것이 아니다. 생존의 본능인 것이다.

본능이란 어떤 생물체가 태어난 후, 경험이나, 지식, 교육에 의하지 않고 선천적으로 가지고 있는 억누를 수 없는 감정이나 충동, 행위를 말한다. 여기서 가장 핵심적인 말은 '억누를 수 없다'라는 뜻이다.

다시 말하면 이성적(理性的), 논리적으로 생각하고 마음을 먹어도 어쩔 수 없는 감정을 갖거나 행동을 하게 된다는 뜻이다. 이런 본능의 본성을 이겨내는 것은 노력으로 될 수 없다. 그 사람의 본성 자체가 선하고 남을 생각하는 마음을 타고나야 할 수 있는 것이다. 진주는 보통의 사람들과는 다른 본성을 가진 여인인 것이다.

"여보, 저기 부상자가 있나 봐요. 가 봐요."
"누구 있어요? 다친 사람 있어요?"
"도와주세요! 여기예요!"

성림과 진주의 반대편 비상구 좌석에 앉았던 사람들이 있었다. 한 명은 매우 큰 젊은 남자였고 다른 한 명은 20대로 보이는 흑인 여자였다. 키 큰 남자는 다리에 골절상을 입은 상태였고 좌측 허벅지에 비행기 잔해 파편이 박혀서 피를 흘리고 있었다.

흑인 여자는 복부에 찰과상과 양측 허벅지에 다량의 파편이 박혀 있어서 고통을 느끼고 있었다. 성림과 진주는 기적처럼 아무런 외상을 입지 않았다. 생존자 네 사람 중 오직 성림만, 앞으로 닥칠 고통과 죽음의 그림자를 잘 알고 있었다.

호흡기내과 전문의는 필수의료 중, 가장 핵심적인 전문가다. 성림은 중환자들을 치료하면서 인간의 폐와 심장의 역할이 얼마나 지대한 영향을 주는지 잘 알고 있었다.

더욱이 현재 상황은 영하 30°C의 공기와 매서운 바람, 해발 4천 미터의 희박한 산소를 생각하면 30분 이내에 구조대가 오지 않는다면 모두 죽는 걸 잘 알고 있었다.

세상이 하얗게 덮였다. 땅도, 생존자의 숨소리조차도 백색의 세계였다.

"여러분! 우선 저기 보이는 바위 뒤편까지 가야 합니다."
"자기야! 내가 키 큰 남자를 부축해서 갈게. 자기는 여자를 도와줘서 와요."

사고의 순간 당혹감과 공포에 휩싸여 느끼지 못했으나 정신을 차리고 나니 몸이 얼어붙는 것 같았다. 숨을 들이쉴 때 날카로운 칼끝이 폐를 찢어 버리는 것 같았다. 피부의 살갗은 시리다 못해 쓰라렸다.

손의 감각은 없어져 갔으며 손가락의 피부색은 푸른색으로 변해가고 있었다. 의학적 지식이 있는 사람은 네 명의 생존자 중에 오직 성림뿐이었다. 그러나 성림도 거대한 자연의 힘 앞에서 미약한 존재에 지나지 않았다.

세계에서 가장 뛰어난 호흡기내과 전문의도 자연의 도도함 앞에서는 한 줌의 모래만도 못한 나약한 존재였다.

앨버트산맥 한가운데 고립된 생존자들의 삶은 천천히 지워져 가고 있는 듯했다.

"What's your name?(이름이?)"
"Don't worry. I'm a doctor, the best of the best doctor in the world.(걱정하지 말아요, 나는 세상에서 가장 뛰어난 의사예요.)"

남자를 안심시키며 그의 부러진 다리를 고정시키고 주위에 나뭇가지와 풀로 그의 다리 위를 덮어 주었다. 흑인 여자의 상처를 살펴보았다. 흑인 여자는 다량의 파편이 허벅지에 박혀 있어서 수술 도구가 필요했으나 지금 상황은 수술할 수가 없는 상태였다. 최소한 항생제 치료가 필요했다.

성림은 해외 출장을 다닐 때 습관처럼 응급 구급함을 가지고 다녔다. 비행기 안에서 발생하는 응급 환자를 많이 봤었을 때부터 생긴 습관이었다.

구급상자에는 휴대용 산소통, 기도 삽관 기구, '벤토린'이라는 속효성 기관지 확장 흡입기, '포스터'라는 천식치료제 흡입기, '바헬바레스피맷'이라는 만성폐쇄성폐질환(COPD) 치료 흡입기, 3세대 세파항생제 주사제, 에피네프린, 디곡신(심부전 치료제), 라식스(이뇨 주사제: 심부전, 폐부종 치료제), 메틸프레드니솔론, 덱사메타손 등과 밴드와 소독제 등이 있다.

흑인 여자 환자에게 항생제 주사를 주었다. 성림의 마음은 매우 복잡해졌다. 구급함에 준비된 약 중 폐부종의 치료제는 한 사람의 환자에게만 사용할 수 있는 분량이었다.

'벤토린', '포스터', '바헬바' 흡입 약은 하나의 흡입제통으로 30명의 환자에게 쓸 수 있는 충분한 양이다. 문제는 현재, 가장 필요한 고산병의 치료제인 산소, '라식스' 주사제, '덱사메타손' 주사제 그리고 '메틸프레드니솔론' 주사제였다.

고산병(Altitude Sickness)이란 통상적으로 2,400미터 이상의 높은 산에 올랐을 때 공기 중 산소의 농도가 떨어져서 신체 조직 내에서 저산소증이 발생하는 것을 말한다.

호흡곤란과 두통, 어지럼증, 탈진 등의 증상이 나타날 수 있다. 고산병의 가장 위험한 경우는 폐부종이다. 고산병을 예방하기 위해서 산악인들은 천천히 등반하며 몸이 산소의 농도가 옅어지는 상황에 적응하면서 올라가야 한다.

2,500미터의 고도에서 20%의 확률로 발생하며 3,000미터 이상의 높이에서는 40%, 4,000미터 이상의 고도에서는 70%가 발생한다. 천천히 올라가도 그렇다.

생존자들은 정상적인 기압과 산소 농도에 있다가, 갑자기 4,000미터 고도의 희박한 산소 환경에 노출된 것으로 생명이 매우 위태로운 상태였다.

사망에 이르게 할 폐부종을 막아 줄 산소와 스테로이드 주사, 이뇨제 주사 없이 하루를 버텨낼 수 없는 상황이었다. 폐부종이 오면 뇌부종도 같이 오며, 심장의 기능이 떨어져 심정지가 온다.

성림과 진주는 부상이 없는 상태이나 다른 두 사람은 부상이 있다. 가장 심각한 사람은 흑인 여자이다. 다리에 다발성 파편과 복부의 찰과상이 있으며 매우 마른 상태이다. 추위에도 약한 상태이며 패혈증과 폐부종이 발생할 수 있는 확률이 가장 높았다.

선택의 순간

사람의 인생이 녹록하지 않고, 인생이 고해(苦海)이
며, 희로애락이지 않던가!

성림은 생존자 중 유일한 의사이다.

괴로운 일이지만 결정을 내려야만 할 상황이다. 치료제는 한 사람의 생명만, 하루 정도 버틸 수 있는 상태이다. 네 명의 사람 중 세 명은 목숨을 잃을 위험에 직면해 있다. 성림 자신을 제외하면 세 사람이 남았다.

세 명 중 한 명은 세상에서 가장 사랑하는 여인, 진주였다.

그녀는 부상이 없었다. 다른 두 사람보다 현재의 상태는 건강했다. 그러나 진주도 한두 시간의 시간이 흐르면 숨이 차고, 어지럽고, 의식이 몽롱해지고, 손과 발의 동상으로 피부의 괴사가 일어날 수 있다.

성림은 평생을 의사로서 살아왔다. 의사 중의 의사로서 사람의 생명을 살리는 의술에 전념해 왔다. 그런 그 앞에 곧 죽을 세 사람이 있는 것이다. 아니, 어쩌면 그 자신이 먼저 죽을 수도 있는 상황이었다.

"진주야! 너무 춥지?"
"여보, 너무 추워요. 손과 발이 감각이 없어요. 숨도 너무 차요. 우리 이렇게 죽어요?"
"아니! 자기는 죽지 않아. 내가 살릴 거야."

성림의 눈에서 눈물이 흘러내리는 느낌이 있었다. 하지만 눈물은 나오지 않았다. 극한의 영하 날씨에서 눈물이 흐를 수 없었다. 성림의 마음이 무너져 갔다. 파란만장한 삶 속에서 수없이 많은 밤을 하얗게 지새우며 환자들의 생명을 살리기 위해 무던히도 애를 쓰고 살아왔다.

차라리 자살하고 싶다는 충동을 느낄 때도 차마 스스로 목숨을 끊지 못했던 것은 성림의 손길을 기다리고 있던 환자와 그 가족을 생각했기 때문이다. 진주를 만나기 전까지 성림의 삶은 하루하루가 고통의 연속이었다. 하루의 고통이 아니었다.

매 순간, 잠을 청하는 밤에도, 그는 아팠다. 매일 밤 느끼는 고통의 시간은 참을 수 없는 것이 아니었다. 견딜 수 없는 것이었다. 고통은 참을 수 있었다. 고통을 참을 수 있는 것은 내일은 아프지 않을 수 있다는 희망이 있을 때였다. 견딜 수 없는 것은 내일도 같은 아픔이 온다는 것을 알기 때문이었다.

'견디다'라는 뜻은 사람이나 생물이 일정의 기간, 어려운 환경에 굴복하거나 죽지 않고 계속해서 버티면서 살아나가는 상태를 말한다. '참다'의 뜻과 비슷하나 보다 더 구체적이다.

그토록 기다리며 찾아 헤매던 여인을 만나, 사랑하고 사랑받으며 자신이 하늘로부터 받은 천재적인 의료의 재능을 마음껏 펼쳐 보이려는 순간에 찾아온 재난 앞에, 그는 속절없이 무너져 갔다. 자신은 죽어 하늘의 별이 되어도 괜찮았으나 진주를 그렇게 보낼 수는 없었다.

그녀가 죽으면 그는 이 세상에 존재할 이유가 없었다.

낯선 두 사람도 잃을 수는 없었다. 그들도 환자이기 때문이다. 성림의 환자를 대하는 마음은 가족을 대하는 마음과 같았다. 평생을 그런 자세의 의사로 살아왔다. 그는 생존자 중 리더이자 의사로서 결정했다.

네 사람의 생존자 모두 죽을 확률이 높다. 아니 높다가 아니다. 한 명이라도 살아서 집으로 돌아갈 수 있는 확률은 0.001%도 안 된다. 천분의 일의 확률도 안 되는 절망적인 상황이다. 그래도 그는 결정하고 시행해야만 했다. 이미 결정한 것은 성림, 자신은 죽음을 선택했다는 사실이었다. 시간은 생존자들의 편이 아니었다. 일분일초의 시간이 아쉬운 건 생존자들이었다.

"선택의 여지가 없습니다. 저를 빼고 세 사람이 제비뽑기를 하겠습니다. 첫 번째 제비뽑기는 치료 약제를 선택할 제비뽑기의 순서를 정하는 것입니다. 종이 가장 밑에 1, 2, 3의 숫자가 적혀 있습니다."

성림이 세 사람 앞에 세 장의 종이를 두었다.

"1번을 뽑는 사람이 치료 약제 선택 제비뽑기를 가장 먼저 하는 순서입니다. 2번을 뽑는 사람은 두 번째로 뽑기를 하고, 3번을 뽑는 사람이 마지막 순서입니다. 폐부종의 치료제는 한 사람에게만 투여될 수 있습니다. 치료제를 맞아도 하루 이상을 버틸 수는 없습니다. 치료제 제비뽑기에서 1번을 뽑는 사람이 치료받을 권리를 갖게 됩니다. 가장 공정한 방법이고, 우리에게 남은 마지막 희망입니다. 비록 단 한 사람에게 기회가 주어지는 일이나 한 사람이라도 하루를 버틸 기회가 있다는 것을 감사하게 생각합시다. 여러분에게 하나님의 은총이 함께하기를 바랍니다."
"여보! 나는 자기 혼자 두고 제기뽑기를 할 수 없어요."
"자기야! 내 결정을 받아들여야 해. 더 좋은 방법은 없어! 내 마지막 소원이니 이해해 줘!"

진주의 마음은 갈기갈기 찢어지는 것 같았다. 살면서 이렇게 괴롭고 아픈 기억이 없었다. 사랑했던 전 남자 친구인 혁기를 잃을 때도 너무 아팠었다. 시간의 흐름이 지난 아픔의 기억을 지웠던 것은 아니었다.

혁기와의 헤어짐은 준비할 시간이 있었다. 그는 항암치료를 받으며 1년 동안 투병을 했다. 이별을 준비할 시간이 있었다. 헤어진다는 예감이 있어도 사랑하는 사람과의 이별은 매우 힘들다.

그러나 지금처럼 맑은 하늘에서 날벼락을 맞는 상황은 너무나 충격적이고 황망하다.

형용할 수 없는 고통이고 아픔이다. 진주 자신도 이 상황에서 살아날 수 있을 희망은 많지 않았다. 하지만 성림은 살아날 확률이 제로였다.

성림은 반드시 죽는다. 먼 미래의 일이 아니었다. 바로 몇 시간 후면 성림은 죽는다. 언제인지 알 수 없었으나, 그가 죽는다는 것은 곧 다가올 현실이었다.

첫 번째 제비뽑기를 하는 순간이 왔다. 제비뽑기를 할 세 사람의 표정은 각각 달랐다. 키 큰 남자의 표정은 희망과 욕망에 가득한 표정이었다. 반드시 살아야 한다는 의지가 보였다. 의지라는 표현으로 부족했다. 투지라는 표현이 더 가까웠다.

흑인 여자의 얼굴은 불안감이 가득한 표정이었다. 마치 곧 죽을 걸 예감한 사람처럼 불안에 떨고 있었다. 그녀의 두 눈동자는 흔들렸고 몸을 좌우로 계속 움직이면서 덜덜 떨고 있었다. 영하의 추위에 떨고 있는 몸짓이 아니었다.

죽음을 바로 목전에 둔 사람의 반응은 다양할 수 있다. 인간의 본성에 비추어 볼 때 이러한 불안감과 두려운 표정은 당연한 것일 수 있었다.

진주의 표정은 너무 슬퍼 보였다. 모든 것을 단념한 듯, 그녀의 눈빛은 하염없이 슬퍼 보였다. 원래 눈이 크고 아름다운 진주다. 그녀의 눈빛은 그윽하고 고요하다.

진주는 어쩌면 성림과 같은 길을 가고 싶어 했을지도 모른다.

그가 없는 인생이 어떨지 감히 짐작조차 할 수 없는 일이었다.

"오! 하나님! 1번을 뽑았다!"

키 큰 남자는 순서를 정하는 뽑기에서 1번을 뽑은 후, 마치 치료제 뽑기에서 1번을 뽑은 것처럼 환호했다. 아직 운명의 여신이 결정을 내린 것도 아닌데 마치 본인이 선택받은 것처럼 좋아했다.

흑인 여자는 2번을 뽑았다. 진주는 뽑기를 할 필요도 없이 3번째 순서가 되었다.

이제 운명의 시간이 왔다.

인간이 이 세상에서 살아남고 세상을 지배한 이유일 수 있다. 인간은 아주 작은 희망이 보일 때, 그것을 포기하지 않는다. 포기하지 않고 끝까지 노력하는 자세. 인류의 훌륭한 품성이며 매우 좋은 자세이다.

사람의 인생이 녹록하지 않고, 인생이 고해(苦海)이며, 희로애락이지 않던가!

그런 측면에서 키 큰 남자는 삶에 대한 애착과 희망에 대한 집착은 고무적이다. 그러나 과유불급(過猶不及)! 정도가 지나치면 모자라는 것보다 못하다는 뜻이다. 논어에 나오는 말로, 중용(中庸)이 중요하다는 뜻이다.

치료제를 선택할 수 있는 시간이 왔다. 순서 제비뽑기에서 결정된 순서대로 키 큰 남자가 가장 먼저 뽑기를 할 순서이고, 흑인 여자가 두 번째이다. 진주는 세 번째 순서로 앞의 두 사람의 뽑기 결과에 따라서 자동으로 운명이 결정됐다.

"Oh! No! What The Fuck! No Way!(아! 안 돼! 있을 수 없는 일이야!)"

첫 번째로 뽑기를 한 남자의 외침은 어둑어둑해진 로키산맥의 산줄기를 따라 돌아오지 않는 메아리처럼 울려 퍼졌다. 첫 번째의 뽑기에서 3번을 뽑은 것이다.

회망에 부풀었던 것보다 만 배나 더 큰 절망감이 그를 휘감았다. 다리가 부러져 다리를 고정하고 있었으나, 다리가 부러져 있는 사실은 중요하지 않았다. 삶에 대한 애착이 지독한 집착을 넘어 분노와 폭력으로 변하기까지는 오랜 시간이 걸리지 않았다.

"치료제는 내 거다!"

외마디 고함을 지르며 성림이 메고 있던 가방을 빼앗으려 달려들었다. 갑작스러운 상황에 모두 당황했고 성림은 뒤로 넘어졌다. 넘어진 성림의 가슴 위로 올라탄 그 남자는 목을 조르기 시작했다. 그의 눈에는 살고자 하는 욕망이 아니라 이미 악마(惡魔)의 눈이었다. 살기와 증오가 가득했다.

"죽어라! 네가 뭔데 나를 죽이려고 해!"
"으윽!"

성림의 의식이 희미해져 갔다. 저산소증에 노출된 상태에서 손의 악력이 큰 남자에게 목을 짓눌린 그는 숨이 차고 가슴이 답답해지며 정신이 혼미해져 갔다. 몸의 힘이 빠지기 시작했다. 그러나 성림은 보통의 나약한 사람이 아니었다. 어릴 때부터 운동으로 단련된 남자였고, 선천적으로 민첩함과 뛰어난 운동신경의 소유자였다.

성림의 발차기와 발놀림은 상대할 적수가 없을 정도였다. 아래에 깔려있던 성림의 무릎이 공격하던 남자의 등 척추 정중앙을 강타했다. 불의(不意)의 일격을 당한 그 남자는 나가떨어졌다. 비틀거리며 다시 일어난 그 남자는 주위를 두리번거렸다. 바닥에 놓인 주먹만 한 크기의 돌을 들고서 성림에게 다가왔다.

"헤이! 맨! 왜 그래! 정신 차려 봐!"

성림의 말은 부탁이 아니었다. 그의 말은 경고(警告)였다.

성림의 경고에도 아랑곳하지 않고 그 남자는 부러진 다리를 절뚝거리며 다가왔다. 살기가 가득했다. 성림 바로 앞까지 다가온 그는 성림의 얼굴을 향해 돌을 든 팔을 휘둘렀다.

상대의 예상된 공격에 당할 성림이 아니었다. 성림은 고개를 뒤로 젖혀 상대의 공격을 피한 후 회심의 뒤돌려차기로 그 남자의 얼굴을 정확히 가격했다. 태권도 유단자였던 성림의 뒤돌려차기를 맞으면 그 누구도 일어나지 못한다. 그 남자는 옆으로 고꾸라지며 바닥에 놓여있던 큰 바위에 쓰러져서 의식을 잃었다.

"헤이! 맨!"

성림이 그의 어깨를 두드리며 깨웠으나 눈을 뜨지 않았다. 그는 이미 죽었다.

윤리(倫理)와 공리(功利)

그의 두 눈은 그녀의 눈을 사랑스럽게 바라보았다. 서로의 눈빛을 통해서 말로 다 표현할 수 없는 심정을 토로하고 있었다.

'필사즉생!' 반드시 죽으려 하는 자는 살고
'행생즉사!' 요행히 살고자 하는 자는 죽을 것이다.
오자병법 제3편 치병편

자신의 생명을 소중하게 여기고 자신을 보살피는 것은 인간의 기본적인 욕망이다. 욕망이라는 표현은 지나친 말일 수 있으나 당연한 심리이다.

그러나 자신의 생명이 소중하다고 여기는 만큼 다른 사람의 생명도 똑같이 귀하게 생각해야 한다. 자신이 살기 위해 다른 사람의 생명을 해치거나, 자신의 이익을 위해서 다른 사람에게 위해를 가하는 것은 도덕적으로나 법률적으로 인정이 안 된다.

특히 지금처럼 재난 상황에서는 법리학적인 잣대에 기댈 수 없다. 누가 검사의 역할을 하고 누가 변호사의 역할을 할 수 있으며, 과연 누가 판사가 될 수 있단 말인가?

인간이 처한 특수한 상황에서 따라야 할 행동 원칙은 윤리이다. 윤리는 시대와 지역에 따라서 해석의 차이가 있을 수 있으나, 동서고금을 막론하고 절대적 윤리의 개념이 있다. "살인하지 마라, 도둑질하지 마라, 어린아이를 학대하지 마라." 이러한 인식은 해석의 여지가 없다.

치료제는 한 명에게만 사용할 수 있는데 세 명의 생존자가 있는 상황에서 한 명이 사는 꼴은 볼 수 없다며 세 명이 다 죽어버리자 하는 심리도 있을 수 있다.

이러한 심리는 내가 아닌 남이 잘되는 꼴을 볼 수 없는 치사한 소인배(小人輩)다. 이러한 경우도 비난의 대상이 되고, 평범한 사람은 이해할 수 없다. 그런데 지금 죽은 이 남자는 자신이 살기 위해 다른 사람이 살 기회를 빼앗고자 한 것이다. 기회를 뺏는 방법으로 성림을 죽이고, 다른 두 여자도 죽이려는 생각이었을 것이다.

살인자의 길을 선택한 것이다. 성림은 이 남자를 죽일 생각이 없었다. 자신을 방어한 것이고 다른 두 여자의 삶의 선택 기회를 지키려고 한 행동이다. 재난 상황이 아니라 평범한 일상적인 상황이었다고 해도 현대 법리의 적용은 '정당방위'를 인정했을 것이다.

"여보! 괜찮아요?"
"휴, 응. 자기야! 괜찮아!"

죽은 남자를 애도할 시간이나 마음의 여유가 없다. 어둑해진 하늘은 곧 죽음의 그림자처럼 다가올 것을 세 사람 모두 알고 있었다. 이제 진주와 흑인 여자 두 명 중 한 명에게 하루 정도의 시간을 버틸 기회를 정할 운명적 시간이다. 흑인 여자가 뽑기를 하려는 그 순간이다.

"잠깐만요!"

성림이 소리쳤다. 그 순간 흑인 여자의 얼굴은 일그러지고 입술이 파르르 떨렸다. 흑인 여자는 성림과 진주가 연인 사이인 것을 알았다.

누가 봐도 알 수밖에 없는 상황이지 않은가? 흑인 여자는 자신의 기회를 빼앗긴다고 생각했다. 사랑하는 여자를 두고 생판 모르던 본인에게 기회를 준다는 것은 평범한 일이 아니라고 생각했다. 키 큰 남자가 살아 있을 때는 세 명이 1/3의 기회가 있었지만 이제 그 악인은 죽고 없다. 성림은 흑인 여자만 없으면 자신의 연인에게 치료제를 줄 수 있는 것이다.

치료제는 사실 공용재가 아니었다. 성림의 개인물건으로 사적인 재산이다. 그가 자신의 치료제를 사랑하는 사람에게 주는 것이 비난받을 수 있을까?

자신의 치료제를 성림 본인은 포기했다. 자신의 삶을 포기하고 그 보상으로 사랑하는 여인이 아닌 낯선 사람에게 삶의 기회를 양보할 수 있는 것일까?

성림의 직업이 의사이지만 의사도 인간이다. 사람의 본성은 자신을 먼저 챙긴다. 자신을 희생한다면 사랑하는 여인을 위해 포기해야 하지 않는가?

진주는 천성이 천사와 같은 성품이라 이러한 상황을 받아들이고 이해했다. 아니 진주는 성림이 없는 삶은 의미가 없다고 생각했다. 진주는 삶에 대한 애착이 있는 것이 아니라 성림의 뜻에 따르려고 한 것이었다.

평범한 여자의 경우라면 애인이 자신을 살리려 하지 않고 타인과 공정하고 균등한 삶의 기회를 주고자 하는 것에 대하여 어떤 마음을 갖게 될까?

서로의 처지가 바뀌어 진주가 치료제를 줄 수 있는 선택권이 있을 때의 입장이라면 성림은 어떤 생각이 들까?

성림은 세계에서 가장 유능한 호흡기내과 전문의다. 윤리의 개념을 생각해 보자. 개인윤리와 집단 윤리가 있다. 개인의 윤리적 측면에서 생각해 봐도 자신의 귀한 것—재산이나 재능, 지금의 특수 재난 상황에서는 치료제—을 나의 생명을 위해 사용하는 걸 비난할 수 있을까?

사랑하는 여인이 함께 있는 상황이니 성림의 선택은 남자답다. 아니 남자다움을 떠나서 인간답다.

이 세상에서 중증 천식으로 죽을 환자들의 생명을 생각해 보자. 성림 한 사람이 사는 것은 수천 명, 수만 명이 살 수 있는 상황이다. 성림 한 사람의 죽음은 많은 환자의 죽음과도 같다.

공리의 측면에서 본다면, 성림이 사는 것이 가장 윤리적일 수 있다. 진주나 흑인 여자가 산다고 해서 다른 많은 사람을 살릴 수 있는 것은 아니다. 이 세상을 하나의 큰 공동체로 본다면 공동체의 가장 큰 이득은 성림의 생존이다. 그러나 이러한 개념의 선택은 인간답지 못하다.

인간은 신이 아니다. 인간은 세상의 모든 일을 감당하고 조정할 수 없다. 사람은 자신이 처한 바로 이 순간의 선택이 자신의 모든 것이고 삶 자체가 된다.

"왜 그러세요?"
흑인 여자의 떨리는 목소리에 숨은 뜻을 알았다.

"두 사람이 하루를 버틸 수 있는 아이디어가 떠올랐어요!"

천재적이다. 어릴 때부터 그의 비상함은 달랐다. 매우 어려운 상황 속에서도 남들이 생각하지 못하는 것을 생각해 내는 재주가 있었다. 성림은 마른 흑인 여자를 보고, 진주도 바라보았다. 동시에 죽은 악인을 보았다. 그 순간 그에게 번뜩이는 아이디어가 떠올랐다.

죽음을 위협하는 두 가지 요소 중 하나는 저체온증이다.

다행히 산 주변에 나뭇가지들이 있어서 불을 피울 수 있었으나 진주와 흑인 여자의 옷이 영하 30°C의 추위에서 버티는 것은 불가능했다. 작은 모닥불 정도로 혹한의 기온을 버틸 수는 없었다.

인간이 극도로 추운 지방에 갈 때를 생각해 보면, 답이 나온다. 남극과 같은 곳을 탐험할 때 탐험대의 옷차림을 생각해 보라! 겉옷으로 방한복 한 가지만 입지를 않는다. 얇은 옷을 여러 벌 입고 나서 겉옷을 방한복으로 입는다.

인간의 체온을 유지하기 위해서는 얇은 옷을 여러 겹으로 피부를 감싸주는 것이 좋다. 성림은 죽은 남자의 옷을 벗기기 시작했다. 남자의 바지를 벗기고 상의 겉옷과 셔츠를 벗겼다. 남자의 옷 크기는 아주 컸다.

남자의 셔츠 한 장으로 진주와 흑인 여자는 두 겹의 옷을 걸칠 수 있는 효과가 있었다. 바지를 반으로 잘라서 두 여자의 하체를 감쌀 수 있었다. 생명을 위협하는 위험 요인 중 추위와의 싸움은 오늘 밤의 혹독한 추위만 버티면 희망이 생길 수 있는 것이다.

숨이 차고 폐가 망가져서 죽음으로 몰아가는 폐부종 치료제도 진주와 흑인 여자에게 1/2 용량씩 나누어서 두 사람에게 투여하기로 했다. 체온의 급강하를 막으면 용량이 조금 부족해도 하룻밤을 견디는 것은 가능할 수 있다고 판단했다.

성림을 제외한 세 사람의 생존자를 살리고자 할 때는 이 방법을 생각할 수 없었으나 악한 남자의 죽음으로 인해 여자 두 명에게 기회가 생긴 것이다.

"자기야! 이제 자기에게 치료제를 줄 거야. 길게는 12시간, 짧게는 8시간 정도는 버틸 수 있을 거야. 덴버 공항에서 여기까지 멀지 않으므로 날이 밝자마자 구조대가 올 거야. 끝까지 잘 버텨줘야 해! 자기는 꼭 살아서, 나의 부탁을 들어줘야 해."
"여보, 나 너무 무서워요. 자기가 내 곁에 없는데 내가 어떻게 살아갈 수 있어요? 우리 치료제를 셋이서 나누어서 맞아요. 당신이 떠나면, 못 살아요."

진주는 성림의 두 눈을 바라보았다. 그의 두 눈은 그녀의 눈을 사랑스럽게 바라보았다. 서로의 눈빛을 통해서 말로 다 표현할 수 없는 심정을 토로하고 있었다. 너무나 사랑하는 두 사람이다. 한 사람은 남고 다른 한 사람은 떠나야 했다.

성림의 삶에서 그녀는 세상의 그 무엇과도 바꿀 수 없는 '지고지순'의 가치였다. 온 세상을 다 얻어도 진주를 대체할 수 없다. 오직, 대체할 수 있는 유일한 가치는 성림의 목숨뿐이었다.
진주는 성림의 마음과 성품을 잘 알고 있었다. 가슴 깊은 곳에서부터 우러나오는 사랑을 알기에 그의 선택을 받아들였다. 막상 이별의 순간이 다가오자 진주는 너무 불안하고 슬펐다.

목이 타고 심장이 주저앉는 것 같았다. 심장이 찢어지는 것 같은 아픔과 함께 그녀의 온몸이 부서지고 있는 것 같았다.

헤어지기 싫었다. 보내기 싫었다. 그와 이렇게 헤어지는 운명을 바꾸고 싶었다. 그녀가 할 수 있는 일은 아무것도 없었다. 성림은 늘 해오던 의사의 일처럼 능숙하게 덱사메타손, 메틸프레드니솔론, '라식스' 주사제를 정확히 1/2씩 용량으로 나누었다.

주저함 없이 흑인 여자에게 주사 후 진주에게 다가갔다.

너의 새벽이 되기 위해

그의 등 뒤로는 붉고 푸른빛이 뒤섞인 새벽이 어슴푸레 번지고 있었다. 바람은 얼어붙은 눈송이들을 하늘로 띄우듯 흩날렸다.

하늘엔 별이 너무 많았다. 죽음조차도 그 웅장함과 아름다움에 무릎 꿇을 듯, 그런 밤이었다.

그녀의 얼굴을 다시 바라본 그는 자신의 심장이 찢어지는 아픔을 온몸으로 느낄 수 있었다. 이렇게 아름다운 진주의 모습을 볼 수 없고, 만질 수 없고, 그녀의 아름다운 목소리를 들을 수 없다는 현실이 믿어지지 않았다. 진주를 꼭 안았다. 그녀의 두 팔이 있는 힘을 다해 그를 끌어안았다. 이제 이별의 순간이 왔다.

"진주야. 자기 꼭 살아서 한국으로 가요. 우리 집, 내 서재 책장 한가운데 《나는 호흡기내과 전문의 진성림입니다》라는 책이 꽂혀 있어. 자기가, 그 책 읽으면서 엄청나게 울었지? 기억나지? 그 책 가운데 자기에게 주려고 했던 편지가 있어. 이번에 미국 갔다 와서 자기에게 주려고 쓴 편지야. 꼭 살아서 내가 쓴 편지를 읽어줘."

"여보! 이제 어떤 일이 벌어지는 거에요? 자기랑 나랑 이제 영원히 못 보는 거에요?"

"아니! 우리 하늘나라에서 다시 만날 거야! 내가 먼저 가서 기다리고 있을게. 자기는, 오래 행복하게 살다가 먼 훗날 우리 다시 만나자. 우리 다시 만날 때에는 내가 이렇게, 자기 마음 아프게 안 할게."

두 여인에게 치료제를 반씩 주사한 후 성림의 상태는 급격히 나빠졌다.

자신의 할 일을 다 했다고 느낀 순간 끝까지 담담하게 버티던 그는 이제 무너져 가고 있었다. 호흡이 가빠지고 시야가 흐려지며 머리가 깨질 듯이 아프고 어지럼증이 심해지기 시작했다. 자신이 이제 곧 죽을 것을 알고 있었다. 흑인 여자에게도 마지막 인사를 했다.

"꼭 살아서 행복하세요. 신의 은총이 함께하기를 바랍니다."

"고맙습니다. 의사 선생님. 제가 여기서 살아나갈 수 있다면,

모든 것은 선생님의 희생 덕분입니다. 항상 기억하면서 살겠습니다."

"헉헉… 그르렁… 그르렁…."
 성림은 숨을 몰아쉬고 있었다. 새벽이 밝아오고 있었다. 새벽의 하늘은 오늘 날씨가 좋을 것을 알려주고 있었다.

 그의 등 뒤로는 붉고 푸른빛이 뒤섞인 새벽이 어슴푸레 번지고 있었다. 바람은 얼어붙은 눈송이들을 하늘로 띄우듯 흩날렸다. 눈과 숨이 엉겨 붙는 고요한 어둠은 끝이 없을 것 같았다. 짙은 어둠 끝에 마침내 새벽이 오고 있었다. 검던 하늘은 보라색과 푸른색을 섞어놓은 듯했다. 바람은 눈송이를 천천히 흘러보냈다.

 붉은 태양이 산등성이를 헤치고 올라오는 순간, 한낮의 태양빛이 아닌데도 시리도록 눈이 부셨다. 암흑 같은 어둠의 세계에 한 줄기 태양의 빛은 일상적인 자연현상이었으나 성림과 진주, 흑인 여자에게는 단순한 태양의 빛이 아니었다. 하늘 위 첫 햇살이 희뿌연 안개를 갈라냈다. 한 번의 기회밖에 없다는 것을 알았다.

 성림은 자신이 죽어가고 있다는 사실이 중요하지 않았다. 오직 사랑하는 진주에 대한 걱정뿐이다. 태양이 다 드러나는 순간, 멀리서 헬리콥터의 소리가 들려왔다.

"진주야. 자기를 만날 수 있었던 행운에 감사해. 자기를 만나서 너무 행복했어…"
"여보야! 나를 두고 가지마! 구조대가 오고 있어요. 제발, 나 혼자 두고 떠나지 마!"
"그르렁… 쌕쌕… 헉헉…"

그는 이제 말을 할 수가 없는 상태였다. 지금까지 버텨 온 것도 기적이었다. 진주를 살려야 한다는 집념이 없었다면 그는 이미 죽었을 것이다. 마지막 한마디를 위해 온몸의 힘을 쥐어짜고 있었다. 세상에 남길 마지막 한마디를 준비하고 있었다.

그런 성림의 몸부림을 알아차린 진주가 말했다.

"여보! 그만! 말 안 해도 자기가 지금 무슨 말을 하려고 애쓰는지 알아요. 저는 당신을 만나서 새로운 삶을 살았어요. 진정한 사랑이 어떤 것인지 알았어요."

진주가 슬픈 눈으로 따뜻한 미소를 지었다.

"여보, 저도 평생 당신만을 기억하면서 살다가 자기 곁으로 갈게요. 우리 자기, 하늘에서 외로워하지 말고, 날 보면서 편하게 기다려요. 나는 자기와 함께 보낸 시간을 그리워하며 잘 지내고 있을게요. 걱정하지 마요… 편하게 가요…"

성림을 안심시켜 주는 다정한 목소리였다.

"여보… 너무 사랑해요…. 그리고 고마워요…"

그는 마지막으로 진주의 얼굴을 보았다.

사슴과 같은 두 눈과 예쁜 코, 부드러운 입술과 긴 머리. 아름다운 진주의 모습은 곧 성림의 숨결이었다. 그는 자신의 마지막 숨결이 다가오는 것을 알았다. 그의 차디찬 손이 떨리며, 진주의 얼굴을 만지면서 세상에 남길 마지막 말을 했다.

"진주야…. 너는… 나의 하루를 밝히는… 나의… 새벽이었어…. 사… 랑… 해…. 진… 주… 야…."

성림의 마지막 말이 바람을 타고 흩어질 때, 조용히 아주 고요하게 진주의 품에서 숨을 거두었다. 눈발 사이로 그의 마지막 숨결이 하늘을 향해 너무 슬프게 피어올랐다.

진주는 흐느꼈다.

"성림 씨. 조심히 잘 가세요. 부디 그곳에서는 아프지 말고, 마음 아프지도 말아요. 그동안 너무 고생 많았어요…. 이제는 편히 쉬세요…. 흑흑흑….″

구급대원들이 도착했다. 진주와 흑인 여자를 싣고 성림의 시신과 키 큰 악인의 시신도 수습했다.

* * *

성림의 장례식은 엄숙하지만 눈물바다였다. 성림의 어머니는 쓰러져서 참석하지 못했다. 그의 누나는 하염없이 울고, 또 울었다. 그는 누나의 동생이자 친구이며 오빠와 같은 존재였다. 어릴 때부터 유별나게 친하게 지냈고 서로를 챙겨주는 둘도 없는 남매였다. 그런 성림의 빈자리는 누나에게도 참을 수 없는 고통이고 슬픔이었다.

성림의 비보(悲報)를 들은 환자들의 발걸음이 끊이지 않았다. 모두가 그의 죽음을 애도하며 비통해했다. 의료계에서도 애도의 물결이 끊이지 않았다.

호흡기내과 학회의 참담함은 이루 말할 수 없었다. 호흡기내과 세계의 별이 진 것이다. 한참 갈고닦은 의술을 펼쳐야 할 시간을 앞에 두고 홀연히 떠나버린 그의 죽음은 호흡기내과 의료계에도 큰 아픔이 되었다. 소식을 듣고 달려온 혜인과 세정, 그리고 시우는 진주를 붙들고 오열했다.

혜인의 삶 속에서 그가 사라진 것은 악몽이었다. 현실이 아닌 것 같았다. 혜인을 살리고 혜인의 어머니를 살린 의사가 그였다. 생명의 은인인 그는 혜인에게 단순한 의사가 아니었다. 그녀의 삶에서 등대와 같은 존재였다. 혜인의 망연자실한 표정과 함께 세정의 대성통곡이 어우러져 장례식장의 비통함과 애잔함은 깊어만 갔다.

세정은 숱한 살풀이 무용의 공연 때보다 더 진한 한(恨)을 쏟아내고 있었다. 그녀의 대성통곡은 슬픔이라고 표현하기에 부족했다.

고요하고 엄숙했다.

성림은 진주의 눈물 끝에서 마지막 숨결을 맡기고, 한 줌의 재가 되어 하늘로 흩어졌다. 그리움이 바람 되어 따라가도 다시는 닿을 수 없는 곳으로 너무 조용히 떠났다. 그가 남긴 향기마저 사라지기 전, 사람들은 끝내 그의 이름을 부르며 울었다.

진주는 집으로 돌아와서 그가 말했던 서재의 책장 앞에 섰다. 성림의 말대로 책장 가운데《나는 호흡기내과 전문의 진성림입니다》라는 낯익은 책이 꽂혀 있었다.

진주를 처음 만나고 나서 이 책의 집필을 시작했고 진주와 사랑에 빠지면서 이 책의 교정(校訂)을 봤던 기억이 떠올랐다. 2년의 시간이 지난 기억이지만 바로 어제의 일처럼 선명하게 생각났다.

두렵고 떨리는 마음으로 책을 꺼냈다. 중간 부위가 접혀 있었다. 접혀 있던 중간 부위에 진주가 좋아하는 색깔인 보라색 봉투에 편지가 들어 있었다.

편지를 펼쳤다.

사랑하는 나의 사랑, 진주에게.

진주야! 기억나니?
우리의 첫 만남의 순간을?
자기를 처음 봤을 때 우리는
서로의 세상에서 각자의 일을 하고 있었지.

신이 허락한 운명이 아니라면,
우리의 사랑은 시작할 수 없었을 거야.
세상 사람들의 만남이 그렇게 쉽고,
헤어짐이 그러한 이 시대의 현실 속에서

자기를 만날 수 있었던 것은 하늘의 축복이야.

자기를 만나고 난 후 나의 삶이 변화되기 시작했고
나의 마음이 치유되기 시작했어.

매일 전쟁과 같은 날 속에서
나의 삶이 지쳐가고 버티기 힘들 때,
자기를 만나 나의 번민은 사라지고
나의 고뇌는 미래에 대한 도전으로 바뀌었지.

무엇보다 나를 이해하고 믿어주고
함께해 준 당신에게 고맙고, 사랑해.

존경한다는 말을 했었지?
내 삶에 존경하는 여인을 만나,
그 사람과 진실의 사랑을 나누고,
그 사람과 미래의 꿈을 함께 준비할 수 있어서 행복해.

너를 처음 만났던 비행기 안에서의
너의 눈빛을 영원히 기억하고 있어.
너의 눈빛은 이 세상에서 볼 수 없었던 눈빛이었어.

밤하늘의 별을 사진으로 담을 수 없지.
넌 나에게 나의 눈으로만 느낄 수 있는 사람이었어.
조금 더 느끼기 위해 밤마다
너의 눈빛을 생각하고 기억했어.

한 폭의 그림과 같았던 너와의 운명적 만남.
나는 이제 나의 삶을 자기에게 주고 싶어.
반짝이는 우리의 만남이
하늘의 영롱한 별보다 더 빛나는 별이 되자.

진주야. 이제 나는 너의 품 안에 영원히 머물고 싶어.

나와 결혼해 주지 않을래?

성림의 편지를 읽은 후 진주는 온몸이 떨렸다. 천둥과 번개의 한가운데 홀로 서 있는 것 같았다.

"흑흑…. 나랑 결혼하자면서 지금 어디로 간 거예요? 나는 자기랑 결혼할 준비가 다 되어 있는데, 자기는 지금 어디에 있어요?"

진주는 울고 또 울었다. 성림의 따뜻한 품이 그리웠다.

그의 관대함과 유머와 미소가 너무 그리웠다. 성림의 세심함이 미치도록 그리웠다. 환자를 치료할 때의 '카리스마'까지도 진주에게는 너무나 귀여운 남자였다. 그가 바라보던 눈빛이 사무치게 그리웠다. 함께 찍은 사진 액자 밑에는 성림의 글이 이렇게 적혀 있었다.

진주야! 너는 나의 새벽이야…

진주는 하늘을 바라보았다. 오늘따라 유난히 청아한 빛을 띠는 하늘에 두둥실 떠 있는 하얀 구름이 성림의 해맑은 미소처럼 보였다. 창문을 통해 따사로운 햇살이 들어왔다. 따뜻한 빛의 기운이 성림의 품 안에 안겨있는 것 같았다.

가녀린 그녀의 어깨가 몹시도 슬퍼 보였다. 여름의 소나기처럼 잠시 지나간 추억 같았다. 한여름 밤의 꿈처럼 열정적이었고 가을 하늘처럼 시리도록 눈이 부셨던 사랑.

따스한 봄날이 오는 걸 시기하는 꽃샘추위처럼 시린 흔적을 남기고 떠난 사랑이 사무치도록 그리웠다. 성림의 부드러운 목소리가 꿈결처럼 아스라하게 들려오는 것 같았다.

진주는 별이 된 성림을 그리워하며 고백했다.

당신이 없는 이 세상에 나 혼자 남았어요.
눈을 감으면 아직도 그날이 선명해요.
하얀 눈 속.
자기의 숨결로 겨우 살아 있었죠.
당신은 내 숨이 되어줬어요.

당신은 옷을 벗어 나를 감싸고
입술이 새파래져도 미소를 보여주었죠.
나는 처음에 몰랐어요.
그 웃음이 작별인사였다는 걸.
그 미소가 죽음의 그림자였다는 걸.

당신은 내게 말했죠.
"자기는 살아야 해."
하지만 왜 나만 살아야 했나요?
왜 당신은 그 자리에, 눈 속에,
그렇게 조용히 멈춰야 했나요?

그날 밤,
나는 별을 보며 기도했어요.
당신의 몸이 얼음처럼 차가워지는데도
나는 차마 울지 못했어요.
당신의 손을 놓을까 봐,
그 마지막 온기를 내가 빼앗을까 봐.

나는 그날 살았지만,
매일 죽어가고 있어요.

세상은 나를 '기적의 생존자'라고 불렀지만.
나는 알아요.
그 기적은 내 것이 아니라
당신이 내게 준 생명이었다는 걸.

나는 매년 그 산에 가요.
당신이 마지막으로 하늘을 올려다본 그 자리.
그곳에서 나도 하늘을 봐요.

별 하나가 유난히 밝을 때면,
그 별이 당신인 것 같아요.
그날 밤처럼, 나를 비춰주던 당신의 눈빛처럼.

당신을 부르면
내 목소리가 바람이 될까 봐
당신의 이름조차 부르지 못해요.

사랑해요.
과거에도, 지금도, 앞으로도.

나는 지금 숨 쉬고 있고
당신은 숨결의 흔적을 남기고 떠났지만
나는 여전히 당신의 고운숨결을 기억해요.

내 눈물이 멈추지 않는 한
당신은 계속
나의 가슴 속에 살아 있어요.

하늘이 울지도 않았어요.
당신이 떠나는 날

세상은 하얗게 잠들었고
오직 내 심장만
당신의 이름을 부르며
터지고 있었어요.

당신은
내 손을 꼭 쥐고
조금만 더 참으라고
살 수 있다고 그렇게 말했지만
정작
죽어가던 사람은 당신이었고
나는 당신의 숨결 위에서
끝없이 무너졌어요.

당신의 말을 듣지 말았어야 해요.
당신은
죽는 순간까지 나를 사랑했고
나는
살아남은 순간부터
당신을 지우지 못했어요.

이제는 걸을 수가 없어요.
당신이 없는 길 위에서는….

그녀는 성림이 없는 세상이 이렇게도 고요하고 적막할 줄 몰랐다. 그가 없다는 사실이 믿어지지 않았다. 부드러운 그의 목소리가 들리는 듯했다. 스쳐 지나가는 바람 소리에 그의 향기가 묻혀 오는 듯했다. 그가 가르쳐 준 용기와 따뜻함이 그녀의 몸에서 다시 살아나고 있는 듯했다.

그녀는 밤이 되면, 매일 울고, 조용히 그의 이름을 부르고 다시 살아 돌아올 수 없는 하늘을 올려다보며 무너져 갔다. 그가 없는 하늘은 너무 크고 무거웠다. 진주는 성림이 남긴 숨결 하나에 기대며 오늘의 하루를 견디었다. 그가 떠난 세상은 진주에게 큰 상처였고 지울 수 없는 슬픔이었다. 성림이 없는 진주의 삶은 애절한 기도였고, 너무나 고요한 흔적이었다.

고운숨결을 위해 평생을 헌신하며 스치는 바람에도 환자의 아픔에 괴로워했던 성림은 숨 때문에 고통받는 사람들에게 영롱한 빛을 주고 떠났다.

* * *

10년의 세월이 흘렀다.

그가 개발한 기관지 냉열 성형술은 중증 지속성 천식으로 고통받던 수많은 환자들을 살렸다. 세계 호흡기내과 학회는 성림의 10주년 추모식을 서울의 성북구 안암동에서 개최했다. 의학계와 환자 단체, 성림의 지인들이 참석했다.

진주는 성림의 추모식에 참석하여 그를 그리워하는 추모시를 발표했다.

당신의 이름, 성림 씨

진주

가장 조용했던 사람,
가장 따뜻했던 이름,
가장 유쾌했던 시간,
가장 처절했던 순간,
가장 많이 주고
끝내 아픔을 뒤로하고 떠난 사람.

성림 씨
당신은 아픈 이의 손을 잡고
자신의 아픔을 삼키던 사람이었지요.
슬픔 속에서도 웃던 당신의 눈빛은
밤하늘 어떤 별보다도 찬란했어요.

나는 알아요.
당신이 얼마나 많은 밤을,
얼마나 큰 절망을,
묵묵히 껴안고 버텨왔는지를.

그 어떤 환자도,
그 어떤 고통도,
당신 곁에서는 안도했지요.
당신은 아픈 사람들에게
고운 숨이고, 찬란한 빛이고, 놀라운 기적이었습니다.

그런 당신이 떠난 지 10년의 세월이 흘렀습니다.

당신의 싱그럽던 미소를 그리워하고
당신의 부드럽던 목소리를 생각하며
당신의 손길을 기다리는 이들이 아직도
이렇게 많습니다.

나는 매일 하늘을 올려다봅니다.
혹시라도,
그 빛나는 별들 사이 어딘가
당신의 미소가 숨어 있지는 않을까.

성림 씨,
당신은 떠났지만
당신이 남긴 사랑은
이 세상을 여전히 따뜻하게 감쌉니다.

그 따뜻함 속에서
나는 오늘도 당신을 불러봅니다.

그녀의 청아하면서 떨리는 목소리를 뒤로한 채 그의 영정 사진 위에 한 줄기 빛이 드리웠다. 하늘에서 누군가가 마지막 인사를 건네는 듯, 솜털같이 부드러운 바람이 추도식에 참석한 사람들의 뺨을 스치고 슬프도록 다정하게 지나갔다.

시간은 흘렀다. 사랑이 멈춘 자리 위로도 계절은 어김없이 덮이고, 그 이름을 부르던 목소리 위에도 고요한 침묵이 자라났다.

그는 사라졌지만, 그녀의 삶에는 매일 그의 숨결이 새벽처럼 찾아왔다.

그녀는 여전히 성림을 사랑했고, 그 사랑은 이제 하늘을 향해 천천히 피어나는 영원한 그리움이 되었다.

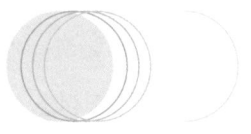 마치며

저는 평생 환자의 숨소리를 들으며 살아왔습니다.
기침소리와 숨소리 너머에 숨어 있는 아픔들….

환자의 삶 한가운데 찾아온 불안과 공포.
그 모든 것을 나의 귀와 눈, 손끝 그리고 가슴으로
느끼며 살아왔습니다.

숨이란, 사람의 가장 마지막 목소리입니다.
그 작고 연약한 숨 하나하나가 유언이었습니다.
사랑을 남기고 떠나는, 미안함을 품고 꺼져가는,
아직 끝나지 않은 누군가의 삶이었습니다.

이 소설은
의학적 기록이 아닙니다.

이 소설은 저의 삶에 찾아온
가장 따뜻하고, 제일 눈부시며
지독히 아팠던 사랑에 대한 이야기입니다.

이 이야기는 저의 가슴속 깊은 곳에 품었다가
끝내 놓칠 수밖에 없었던 사랑에 대한 연가이며
수없이 많은 환자와 함께 버텨온
고통의 세월에 바치는 절절한 헌시입니다.

이 소설은 제 자신에 대한 고백이자,
제게 등을 돌린 생명과
끝내 떠나버린 사랑,
그리고 그 모든 것을 함께 버텨낸 사람들과의
추억을 회상한 이야기입니다.

숨결은 생명입니다.
그러나 숨결은 때때로 사랑이기도 했습니다.

이 책을 쓰는 동안 후회와 그리움,
아픔과 기쁨이 엇갈렸습니다.

당신이 이 책을 읽고 덮는 순간,
조용히 가슴에 손을 얹고
가장 사랑했던 사람의 이름을 불러 보시길 바랍니다.

그 이름을 마음에 품고 살아가는 것이
우리가 이 숨 가쁜 세상 속에서도 살아갈 수 있는
이유일지도 모릅니다.

의학은 사람을 살리기 위해 존재하지만,
사랑은 사람을 살게 만들기 위해 존재합니다.

부디 당신의 가슴에도 누군가의 숨결 하나가
가만히 닿기를 바랍니다.

"삶은 짧고, 숨결은 찰나이나,
사랑은 영원합니다."

어느 의사의 숨결이 누군가에게
다시 삶의 시작이 되기를 간절히 바랍니다.

2025년 어느 여름밤, 안암동,
진료를 마치고 홀로 남은 고운숨결내과 진료실에서
진성림 드림